MISSION PRINCESSES : LE LIVRE DONT TU ES L'HÉROÏNE

Princesse à la cour du Roi Louis

Fleurus

Direction : Guillaume Arnaud
Direction éditoriale : Sarah Malherbe
Édition : Anna Guével, assistée de Marion Faivre d'Arcier
Direction artistique : Élisabeth Hebert
Conception graphique : Ariane Bienaymé
Mise en pages : Anne Bordenave
Fabrication : Thierry Dubus, Audrey Bord

Site : www.fleuruseditions.com
ISBN : 978-2-2151-2073-5
MDS : 651 694

MISSION PRINCESSES : LE LIVRE DONT TU ES L'HÉROÏNE

Princesse à la cour du Roi Louis

Textes d'Emmanuelle Lepetit
Illustrations d'Elisabet Portabella

Fleurus

Introduction

Oublie le vrombissement des automobiles et le rugissement des avions. Oublie les téléphones portables, les ordinateurs et la télévision. Tout cela n'existe pas encore. Te voici revenue en 1683, sous le règne du grand Louis XIV. Tu te nommes Aurore de la Tour-sur-Dive, fille d'un prince de haute lignée, et tu es assise dans un carrosse tiré par quatre fringants coursiers qui galopent vers Versailles. La tête passée par la fenêtre, tu humes le vent et ouvres de grands yeux. Sur tes genoux, ton petit chien Berlingot, excité par les cahots du chemin, ne cesse d'aboyer. En face de toi, ta tante Aglaé, que ta mère a chargée de te chaperonner à la cour, se gave de macarons au citron en fronçant les sourcils.

« Aurore, mon enfant, arrêtez de passer la tête par la portière ! Vous allez faire envoler votre chapeau, te gronde-t-elle.

– Pfffh ! D'abord apprenez, chère tante, que je ne suis plus une enfant : j'ai 16 ans. Ensuite, j'ai bien trop chaud avec ce couvre-chef ridicule ! soupires-tu en te débarrassant de ton chapeau.

– Mais que faites-vous, coquine ? panique la tante Aglaé. Vous ne pouvez pas paraître à Versailles en cheveux. Vous oubliez le protocole…

– Il me barbe, votre protocole ! Je préfère arriver tête nue et disposée que chapeautée et rouge comme une écrevisse bouillie ! »

Dépitée, ta tante se renfonce dans son siège en fourrant dans sa bouche un nouveau macaron. Elle a l'habitude de ton fichu caractère ! Depuis que tu es toute petite, tu n'en fais qu'à ta tête. Intrépide, curieuse, touche-à-tout, tu as horreur des convenances liées à ton statut de princesse. Contrairement à tes trois sœurs aînées, qui ont toujours été sages comme des images, tu as donné bien du fil à retordre aux précepteurs chargés de ton éducation. Dès qu'ils avaient le dos tourné, hop ! tu te faufilais hors du château de ton enfance pour explorer la campagne alentour. Et, avec la complicité de ton père qui a toujours eu un faible pour toi, tu as appris à monter à cheval et à manier l'épée comme tes illustres ancêtres qui servaient sous la bannière du roi lors des guerres du Moyen Âge.

Aujourd'hui, une nouvelle vie commence. Tes parents ont décidé de t'envoyer à la cour de Versailles, pour te mettre un peu de plomb dans la cervelle – et aussi pour te trouver un mari fortuné, donc forcément vieux et ennuyeux ! Ton père a fait jouer ses relations et obtenu pour toi la charge prestigieuse de demoiselle d'honneur de la reine. Toi qui as horreur des robes à frous-frous et autres mignardises de fille, te voici servie !
En même temps, tu vas découvrir Versailles où tu n'es jamais allée. Tu as grande hâte, car il paraît que c'est le plus somptueux palais jamais construit dans le royaume.
Tu vas fréquenter la reine et pouvoir approcher le roi.
Et qui sait… peut-être trouveras-tu à Versailles matière à quelque aventure ?

Soudain, le claquement des sabots des chevaux te tire de tes réflexions. Tu passes derechef la tête par la portière et découvres que ton carrosse a quitté la forêt et avance désormais sur une belle route pavée en ligne droite. Tout au bout, à l'horizon, une forme blanche et or se dessine. Tu écarquilles les yeux. Là, devant toi, de plus en plus impressionnante à mesure que tu approches, vient de surgir la plus belle chose que tu aies vue de toute ta vie : le château de Versailles…

1.

Passé les grilles somptueuses, ton carrosse pénètre dans la cour d'honneur du château où une foule de laquais se précipite pour porter tes bagages et ceux de ta tante. Un maître d'hôtel te conduit à tes appartements à travers un dédale de couloirs. Le château est immense et ressemble à un véritable labyrinthe ! Dans ta chambre, tu trouves sur un guéridon une lettre cachetée. Elle contient une invitation de la reine à paraître le lendemain, à quatre heures de relevée, devant elle-même et le roi dans la galerie des Glaces.

Le lendemain, à l'heure dite, tu te présentes dans la Galerie, au côté de ta tante qui ne te lâche pas d'une semelle. Quel cadre impressionnant ! Toutes ces glaces qui se renvoient leurs reflets, multipliés à l'infini. Pour l'occasion, tu as dû revêtir la robe noire que toute jeune fille bien née se doit de porter lors de la très officielle cérémonie de présentation au roi. La tienne est très belle : en satin de soie, surbrodée de dentelle et ornée de liserés d'or. Mais ton corset te serre horriblement et un coiffeur a apprêté tes cheveux en une cascade de boucles compliquées qui enserrent ton joli visage comme un carcan. Tu te sens déguisée ! Heureusement, ton fidèle Berlingot, que tu as caché sous un repli de ta robe (sa présence lors de la cérémonie n'est évidemment pas autorisée par le fameux protocole !), est là pour te rappeler qui tu es : le contact de son poil rugueux chatouille tes mollets et te donne envie de rire à chaque pas !

La foule des courtisans enfle de minute en minute. Soudain, le silence tombe sur la salle et tout le monde s'incline : le roi vient d'apparaître au bout de la Galerie. Il est suivi de son épouse qui porte entre ses bras un nourrisson emmailloté. Un murmure parcourt l'assemblée. Il s'agit du Dauphin, l'héritier du trône, né il y a à peine un mois. D'un geste, le roi invite ses courtisans à se relever et la voix haut perchée d'un héraut prononce ton nom. Tous les yeux se tournent vers toi. Malgré ton caractère intrépide, tu te sens intimidée et tu donnerais cher pour t'enfuir à l'autre bout de la Terre. Mais tu fais tout le contraire : relevant la tête, le port altier, tu avances à pas lents vers le roi et la reine… Il en va de ton honneur et de celui de ta famille : il faut tenir ton rang, quoi que cela te coûte !

Tu es presque arrivée à l'estrade royale quand une odeur âcre vient te chatouiller le nez. Ce relent devient vite insupportable, il te pique les yeux, qui se remplissent de larmes. Ta vue se brouille. Autour de toi, c'est la panique : tous les courtisans s'écroulent par terre en gémissant. Que se passe-t-il ?

Et d'un seul coup, la voix déchirante de la reine s'élève : « Mon bébé ! On m'a volé mon bébé ! Au secours ! »

Cet appel de la reine te foudroie au plus profond de ton être. Toi qui as toujours été en quête d'aventures chevaleresques, voici l'occasion rêvée d'agir enfin et d'en découdre !

N'écoutant que ton cœur, tu te baisses et saisis Berlingot entre tes bras. L'heure n'est plus au protocole, tant pis pour l'élégance : Berlingot a compris ce que tu attendais de lui. En trois coups de langue bien baveuse, il a nettoyé tes larmes et débarbouillé ton visage de cette substance étrange qui t'aveugle. Tu ouvres les yeux et aperçois dans le coin gauche un éclair lumineux. Il ne dure qu'une seconde et disparaît aussitôt.

Deux chemins s'offrent donc à toi pour débuter ta mission.

Si tu décides d'aller voir ce qui a bien pu déclencher cet éclair, file au **44**.

Mais si tu préfères te porter au secours de la reine, fonce au **93**.

2.

Un liquide chaud qui coule le long de ta gorge te fait revenir à toi. Cela a un goût… d'alcool !

« Alors, on joue à la Belle au bois dormant ? » dit la même voix gouailleuse de tout à l'heure.

Encore ce voyou ! Tu te sens furieuse contre lui, mais tu notes qu'il t'a traînée saine et sauve hors de la place, t'évitant ainsi de finir écrabouillée sous les bottes des Parisiens. Lorsqu'il se penche de nouveau vers toi, tu ne te détournes pas comme la première fois : va au **106**.

3.

Est-ce vraiment Mathias qui se tient dressé devant toi ? Tu ne te souviens plus de la couleur de son costume et, comme son visage est masqué… Tu décides de lui demander le mot de passe (la fameuse phrase sur les fleurs de lys). Il te regarde sans comprendre. Ce n'est donc pas Mathias !

Tirant ton épée, tu lui donnes une estocade et il s'écroule, touché au flanc.

Vite, tu poursuis ta course vers le **14**.

4.

Cachée derrière la porte avec Berlingot, tu vois une première femme pénétrer dans la pièce : elle est âgée et habillée de noir des pieds à la tête. Si, au début de l'histoire, tu as suivi la piste de la dame en noir, tu la reconnais à ce moment-là. Tu t'apprêtes à lui sauter dessus, dague en avant, quand une seconde femme, plus jeune, entre à sa suite (tu peux l'identifier si tu as choisi la piste de la demoiselle d'honneur : c'est Églantine de la Rochenoire).

Quoi qu'il en soit, tu n'avais pas prévu de faire face à deux adversaires à la fois ! Il n'y a pas de temps à perdre, car tu ne pourras te dissimuler longtemps derrière cette porte. Que fais-tu ?

File en **104** si tu choisis de sortir ton pistolet (au cas où tu t'en es munie). Si tu préfères utiliser ton poignard, bondis en **117**. Tu peux aussi siffler ton fidèle Berlingot : dans ce cas, saute au **40**.

5.

Cachée dans le renfoncement d'une fenêtre, tu attends que la jeune femme ait disparu. Puis tu t'approches de la porte de la chambre et tournes la poignée : elle est fermée à clé. Tu avises alors un valet en livrée qui avance dans le couloir.

Tu peux tenter de le soudoyer en lui proposant quelques écus, il devrait t'ouvrir cette porte sans difficulté : tu te retrouves en **89**.

Tu préfères te débrouiller par tes propres moyens ? Alors bluffe et fais mine de resserrer ta ceinture en remontant ta jupe sur ton mollet jusqu'en **108** !

6.

Séchant tes larmes, tu décides d'aller porter l'antidote du poison à la reine, faute de mieux. Quittant la galerie des Glaces, tu t'engages dans les couloirs du palais. Tu ne tardes pas à te faire attaquer par les sbires du grand maître. Heureusement, Mathias aussi t'a suivie, te sachant en danger. Il te tirera in extremis des griffes des ennemis, trop nombreux pour que tu puisses les affronter seule. Tu parviendras donc à sauver la reine, mais arriveras trop tard pour sauver le royaume : cédant au chantage de l'ambassadeur, le roi aura signé le traité félon. Quant à Mathias, après cet échec et ta rebuffade, tu n'entendras plus jamais parler de lui. **FIN !**

Tu regrettes ton intransigeance à son égard ? Retourne en **101** et assouplis ton cœur.

7.

Quand, en milieu de matinée, tu passes une des portes fortifiées de Paris et découvres pour la première fois de ta vie l'effervescence de la capitale, c'est un choc ! Toi qui as été élevée dans un tranquille château à la campagne, parmi les bruits et les parfums de la nature, tu te sens perdue au milieu de ces ruelles grouillantes de monde, où plane une puanteur atroce ! Tu imaginais Paris comme une cité de jardins et de palais aux belles rues pavées. En réalité, la plupart des rues y sont en terre battue, jonchées d'ordures et de crottin. Il y règne un capharnaüm sans nom : les beaux carrosses y côtoient des chaises à porteur, tractées par des hommes en guenilles. La plupart des gens y vont à pied et certains n'ont même pas de chaussures. Quel est ce monde si étranger du luxe de Versailles et de l'univers paisible où tu as grandi ?

Demande ton chemin et faufile-toi jusqu'à la place de Grève : c'est au **73**.

8.

« Je jure, sur l'honneur de ma famille, que je retrouverai votre enfant, ma Seigneurie, et que je vous le ramènerai, avec l'antidote qui vous sauvera la vie. »

La reine te répond par de mystérieuses paroles : « Rendez-vous demain… place de Grève… à midi… les fleurs de lys ont des oreilles. »
Et sur ces mots étranges, elle referme les yeux et glisse dans l'inconscience.
La place de Grève, tu en as entendu parler. C'est à Paris, dans la capitale.
Tu sais ce qu'il te reste à faire. Désormais, le destin de la couronne et la survie de la reine dépendent de toi.

Il n'y a pas de temps à perdre : file au **57**.

9.

Ça y est, tu t'es roulée en boule. Résultat : tu tombes encore plus vite, comme une pierre. Ta chute s'achève sur un sol en terre battue. Un crac sinistre retentit à tes oreilles… puis, plus rien. Tu perds connaissance.

Réveille-toi en **128**.

10.

Le faux bandit (qui répond au nom de Mathias) s'enfonce dans un dédale de ruelles. Il avance bon train malgré sa jambe de bois et te conduit vers un grand marché aux puces, appelé le Carreau du Temple.
« Là-dedans vous trouverez de quoi vous changer, t'explique-t-il.
– Pourquoi, je sens mauvais ? »
Il éclate de rire : « Mais non, vous sentez la rose, ma chère ; en revanche, votre belle robe n'est pas très discrète ! Pour continuer notre enquête, il vaut mieux que vous vous déguisiez en grisette.
– C'est quoi, une grisette ?
– Une petite ouvrière. Le genre de fille dont vous ne soupçonnez même pas l'existence, princesse ! »
Déstabilisée, tu t'engouffres à la suite de Mathias dans une boutique de fripes : c'est au **67**.

11.

Tu as bien fait : profitant de l'inattention générale, le chambellan a tiré un pistolet de son habit et le pointe en direction du roi ! Tu parviens à te jeter sur le souverain et à le plaquer au sol, juste au moment où le chambellan fait feu. De son côté, Mathias intervient : il passe le vil chambellan au fil de son épée. En te penchant sur le corps du traître, tu découvres pourquoi Berlingot lui flairait la jambe avec tant de hargne : son bas, au niveau du mollet, est déchiré. Tu te rappelles alors qu'un peu plus tôt dans la soirée il a mordu le grand maître au même endroit. Les deux hommes ne font donc qu'un ! Mais cela ne vous rend pas le bébé : *pour le récupérer, file en* **61**.

12.

Malheureusement, tu n'as pas le loisir de réfléchir bien longtemps, car un chat noir surgit au même instant dans la cuisine. Aussitôt, Berlingot saute comme un beau diable de l'armoire et se lance à sa poursuite en aboyant à tout-va : tu es grillée !

Rapide comme l'éclair, tu attaques avant que tes deux ennemies aient pu réagir. Tu peux recourir au pistolet que t'a confié Mathias (si tu l'as accepté !) : dans ce cas, rends-toi en **104**.

Mais si tu préfères utiliser ta dague de chasse, dégaine-la en **112**.

13.

Détaillant la fameuse Églantine,
tu t'aperçois que le bas de sa robe est déchiré.
Si tu viens des souterrains, tu réagis en **130**.
Sinon, saute en **131**.

14.

Mathias ne tarde pas à te rejoindre, mais tes exploits guerriers en pleine galerie des Glaces commencent à faire désordre. Il est temps pour vous de quitter les lieux.

Vous pouvez vous diriger vers les petits appartements du roi dans l'espoir de l'y retrouver : dans ce cas, prenez la route du **31**.

Ou bien, vous préférez sortir de la Galerie par l'une des fenêtres donnant sur la grande terrasse et couper par les jardins : bifurquez alors vers le **46**.

15.

La voix est chaleureuse… Mais le jeune homme que tu découvres derrière toi a l'air d'un voyou. Il est sale comme un pou, porte une jambe de bois et, pour ne rien arranger, a l'œil couvert d'une sorte de cataplasme jaunâtre, vraiment répugnant !

Cet individu louche te tend une fiole emplie d'un liquide cuivré en te disant : « Feriez mieux d'avaler ça cul sec, ça va vous requinquer ! »

Comment réagis-tu ?

Soit, dégoûtée par le personnage, tu refuses l'offre. Tu es fille de prince, non, mais ! Tu n'as pas pour habitude de frayer avec les gueux. Rends-toi au **75**.

Soit tu acceptes l'offre : va au **84**.

Soit tu ruses : tu fais mine de boire le contenu de la fiole, mais le recraches discrètement sur le côté. Tu n'as pas envie d'être toi aussi empoisonnée : va alors au **92**.

16.

Après avoir fouillé toutes les pièces de la maison, de la cave au grenier, tu dois te rendre à l'évidence : le jeune Dauphin ne se trouve pas dans cette maudite demeure. Il doit être ailleurs sous bonne garde. Tu as perdu ton temps !

FIN !

La seconde option était peut-être meilleure : tente le coup en **55**.

17.

La femme en noir avance dans la galerie sans bruit, comme un fantôme. Elle a dissimulé l'enfant royal dans un repli de son manteau. Tu n'es donc pas à la poursuite d'un voleur d'enfant, mais d'une voleuse, et même de plusieurs puisqu'elle avait une complice.

La femme est très rapide. Tu dois presser le pas pour la prendre en filature, suivie à distance de Berlingot que tu as reposé à terre. Pourvu qu'elle ne te repère pas ! Peu à peu, le couloir s'élargit et s'éclaire de la lueur du jour : l'issue du labyrinthe est proche. Tu as hâte de te retrouver au grand air, car ces souterrains finissent par t'oppresser…

Soudain, alors que le bout du couloir est enfin en vue, tu aperçois un objet tombé sur le sol poussiéreux.

Tu te penches pour le ramasser : découvre ce que c'est en **90**.

18.

Arrivé à proximité du souverain, ton compagnon ralentit.

« Que se passe-t-il ? » lui demandes-tu.

Il hésite, puis t'avoue : « Je ne peux continuer plus loin, Aurore. Je ne suis point noble et me présenter au roi, sans y être convié, devant tous ces gens… mon rang ne m'y autorise pas. C'était un plaisir de remplir cette mission à tes côtés. Elle s'achève maintenant, et je me souviendrai de toi… de vous… toute ma vie. Adieu ! »

Déjà, Mathias, troublé, se détourne.

Tu le retiens, il te propose : « Pour gagner du temps, je peux me charger d'aller porter l'antidote jusqu'aux appartements de la reine pendant que vous parlez au roi ? »

Que réponds-tu ?

Tu acceptes et vous vous séparez là : dans ce cas, continue d'avancer seule vers le roi en **63**.

Tu refuses et insistes pour qu'il t'accompagne car, dis-tu, on ne change pas une équipe qui gagne : continuez d'avancer ensemble vers le **68**.

19.

Le grand maître se tourne à présent vers l'empoisonneuse, recroquevillée à ton côté.

« Madame, avez-vous apporté le poison comme convenu ? demande-t-il.

– Oui, maître », répond-elle en tendant son philtre à l'infâme personnage. Mais avant qu'il ait pu se saisir du flacon, elle le laisse tomber. C'est le signal ! En un éclair, Berlingot bondit de dessous ta jupe et plante ses crocs dans les mollets du grand maître, qui lâche le bébé. L'empoisonneuse le rattrape et recule jusqu'à la porte. Pendant ce temps, Mathias se penche et décroche sa jambe de bois. C'était donc une fausse : il en tire deux épées, une pour lui, une pour toi. En garde ! Bats-toi comme un mousquetaire en **109** !

20.

Impossible de lutter contre sa poigne de fer. Cette sorcière a des serres d'aigle en guise de mains. Elle les a placées autour de ton cou et resserre son étreinte de seconde en seconde. Pendant ce temps, Églantine s'est réveillée. En découvrant qu'elle est couverte d'un liquide visqueux, elle pousse un cri furieux et te saute dessus elle aussi. Tu ne peux plus rien faire.

Les deux harpies ont tôt fait de te ligoter avec une corde et de t'enfermer dans l'office, à côté de la cuisine : tu atterris en **41**.

21.

La nuit est tombée et l'ambiance dans la galerie des Glaces est tout simplement féerique. Les bougies sont allumées sur les lustres. Partout, sur les dessertes, s'étalent les mets les plus raffinés : fruits exotiques, pâtisseries, sorbets, disposés en pyramides. Des valets circulent, proposant d'excellents vins. Au fond de la Galerie, l'orchestre du roi joue un menuet et une foule de courtisans et de courtisanes masqués dansent, à la lueur des candélabres.

Tu es étonnée de voir que, malgré les événements tragiques de la veille, tout se déroule comme si de rien n'était à Versailles. Ce bal est organisé, as-tu appris, en l'honneur de l'arrivée d'un important ambassadeur étranger à la cour : si tu as rencontré le roi au début de l'histoire, tu sais déjà de quoi il s'agit. Sinon, tu vas le découvrir bientôt…

Si tu es prisonnière de l'empoisonneuse et de sa complice, rends-toi à présent au **53**.

Si tu as pris la place d'Églantine de la Rochenoire, file au **88**.

22.

En ressortant de chez la diseuse de bonne aventure, Mathias te félicite : la façon dont tu as imité la provinciale qui débarque à Paris l'a épaté ! De ton côté, tu es sûre que tu es sur la bonne piste. Et tu ne crois pas une seconde cette histoire rocambolesque de philtre d'amour…

« Mais alors, qu'y a-t-il dans la jarre à ton avis ? » demande Mathias en se mettant à te tutoyer.

Tu es tellement passionnée par ton enquête que tu n'y prêtes pas attention !

« Je ne sais pas, nous n'avons qu'à tester.

– Tu es folle ! C'est peut-être du poison !

– Regarde, j'ai une technique », dis-tu en cueillant la feuille d'un buisson.

Tu verses un peu du liquide de la jarre sur la feuille.

« Si c'est du poison, il va forcément y avoir une réaction : la feuille va se recroqueviller et noircir… »

Observe ce qui se passe en **78**.

23.

Berlingot t'a-t-il une seule fois joué un mauvais tour ? Son manège aurait dû t'alerter : ce chambellan n'est autre que le grand maître, dont il a mordu le mollet plus tôt dans la soirée ! Trop tard : le roi a avalé l'orangeade. Quant au traître, il vient de filer avec le bébé et l'antidote. Tu ne peux plus sauver personne… puisque l'empoisonneuse est morte et ne t'a pas délivré la recette. Échouer si près du but, c'est vraiment trop bête. **FIN !**

Retourne en **68** et fais le bon choix.

24.

Tu n'as pas à attendre longtemps : Églantine de la Rochenoire ne tarde pas à sortir à son tour de la chambre royale. Tu la suis discrètement. Arrivée aux escaliers, elle monte les marches quatre à quatre, toi à ses trousses. Finalement, elle s'engouffre dans une chambre à l'étage, mais pour en ressortir presque aussitôt. Pourquoi est-elle si pressée ? Et qu'est-elle allée trafiquer dans cette chambre ?

Pour le savoir, reviens en **5**.

25.

Il n'y a guère autre chose à faire qu'obtempérer. Tu déposes donc le paquet emmailloté que tu tiens dans les bras entre les mains osseuses du grand maître et lui confies la fiole colorée cachée dans ton corsage. Aussitôt, le soi-disant chambellan éclate d'un rire diabolique.

« Petite naïve ! Je vous ai eue comme une débutante ! Ah, ah, ah ! »

Lâchant la fiole, il la laisse se fracasser par terre. Puis il saisit un poignard et en transperce le couffin !

Cours au **100** pour la suite des événements !

26.

Après avoir couru quelques minutes, tu aperçois un halo de lumière. Tu fais signe à Berlingot de s'arrêter, le saisis entre tes bras et te plaques contre le mur. À quelques pas, le couloir s'élargit en une salle ronde et voûtée, éclairée par un flambeau accroché au mur, d'où rayonnent d'autres galeries. Tu ne savais pas que le château de Versailles recélait autant de passages secrets !

Au centre de la pièce se tiennent deux femmes : la première est vêtue d'un habit de cour, son visage couvert d'un masque, et elle tient entre ses bras un paquet délicat. Le fils du roi !

La seconde est enveloppée dans une large mante noire rabattue sur son visage. Elle se penche pour prendre le bébé que lui tend sa complice et, en échange, lui glisse entre les mains un flacon doré. Bizarre…

Après un bref conciliabule, les deux femmes se séparent et empruntent chacune une galerie différente.

Si tu choisis de suivre la femme au flacon, va en **62**.

Si tu préfères suivre celle qui s'enfuit avec le bébé, cours en **17**.

27.

« Cher ambassadeur, comme vous le voyez, le Dauphin est mon prisonnier, susurre le grand maître de sa voix métallique. Vous aurez ainsi de quoi négocier votre traité avec les meilleurs arguments possibles. Si le roi ne cède pas à vos conditions, son enfant mourra. S'il cède, nous le lui rendrons sain et sauf. En revanche, si les choses ne se déroulent pas selon nos plans, tout le monde mourra, y compris le roi ! »

Quelle horrible machination ! Tu ne te doutais pas qu'un complot d'une telle ampleur se jouait contre ton roi bien-aimé. La vie d'un enfant est en jeu, mais aussi le destin de ton pays tout entier. Il te faut agir !

Si tu es prisonnière de l'empoisonneuse, c'est au **66** *que cela se passe.*

Si tu joues le rôle d'Églantine, c'est au **19**.

28.

Ton père t'a toujours dit qu'un cavalier qui se respecte mettait le bien-être de sa monture au même rang que le sien. Arrivée aux écuries, tu constates que le palefrenier a bâclé son travail : ta jument n'a ni avoine ni eau fraîche à sa disposition. Après l'avoir pansée, soignée et nourrie, tu décides de rester dormir dans la paille à ses côtés, on ne sait jamais…

Tu charges Berlingot de monter la garde et t'endors en **118**.

29.

Une douleur vive te bat la tempe. Ton corps est gourd comme un morceau de bois, mais tu sens sur ta joue le contact d'une langue familière : celle de Berlingot, bien sûr ! Peu à peu, les souvenirs des événements récents te reviennent en mémoire. Combien de temps es-tu restée inanimée ? Impossible de le savoir : en tout cas, plus de trace de la voleuse d'enfant ! Tu te relèves tant bien que mal et aperçois, au bout de l'allée, une troupe de gardes royaux qui se dirige droit vers toi. Que faire ?

Tu peux prendre la fuite en sautant dans une barque sur le canal et naviguer vers le **114**.

Ou bien prendre tes jambes à ton cou vers le **50**.

Ou encore attendre sagement les gardes sur place en **39**.

30.

À l'abri derrière le bosquet, tu entends que les choses se gâtent à l'auberge. Ne te trouvant nulle part, et sans trace de ta jument à l'écurie, tes ennemis croient s'être fait rouler dans la farine par l'aubergiste malhonnête. Ils se vengent en le rouant de coups et le ficellent, avec son palefrenier, à la porte des écuries. Dès qu'ils sont repartis, bonne pâte, tu décides de libérer les deux hommes qui, touchés par ce geste généreux, se confondent en excuses. Tu leur pardonnes et passes le reste de ta nuit à dormir du sommeil du juste.

Le lendemain, à l'aube, tu repars avec ta jument rétablie. Trotte vers le **7**.

31.

Vous réussissez à semer vos adversaires et parvenez sans encombre aux portes des appartements du roi.

Mathias se tourne alors vers toi et déclare : « Aurore, c'était un plaisir et un honneur de servir le roi à vos côtés. Ma mission auprès de vous est terminée. Comme vous l'avez deviné, je n'ai aucun titre de noblesse. Je ne peux prétendre à rien. Je ne veux pas vous imposer ma présence plus longtemps. De plus, mes origines roturières m'interdisent de me présenter au souverain sans y être invité. Je n'en suis pas digne et mon destin est de rester dans l'ombre. Adieu donc. »

Déjà Mathias te tourne le dos : que fais-tu ?

Il a raison. Ce jeune homme t'a séduite par sa vaillance, mais toute idylle avec lui est condamnée d'avance. Tu le laisses donc partir. Continue l'aventure seule en **83**.

Fin du protocole ! Ce garçon t'a fait découvrir un monde que tu ne connaissais pas. Peu importe qu'il ne soit pas noble, c'est un vrai brave. Tu décides de le retenir en lui demandant un dernier petit service . . . Continuez l'aventure à deux en **51**.

32.

Horreur ! Heurtée par le bout pointu de ton escarpin, la glace se brise et les morceaux se répandent avec fracas sur le sol, attirant l'attention des gardes du roi. Tu leur échappes en galopant à travers les couloirs. Mais tu as vite fait de te perdre et les gardes n'ont aucun mal à te rattraper. Ils te relâchent peu après. Toutefois, ton attitude inqualifiable a ruiné toutes tes chances de rester à la cour. Tu es renvoyée dans ta province séance tenante. Finie l'aventure ! **FIN !**

Tu regrettes ton geste trop vif ? Tu peux bénéficier d'une seconde chance en **65**.
Mais n'oublie pas de garder ton sang-froid !

33.

Les deux femmes te sautent dessus, griffes en avant, et te désarment en un clin d'œil. Elles te ligotent comme un saucisson et te font prisonnière. Impossible de t'échapper : tu as beau siffler Berlingot pour qu'il vienne à ta rescousse, il ne donne plus signe de vie. Ces deux horribles femmes ont dû lui régler son compte… De nombreux jours vont passer avant que tu sois finalement libérée. Avant cela, la dame en noir t'aura fait boire un philtre pour te faire perdre la mémoire et tu ne pourras rien révéler au roi sur les responsables de la mort de son fils et de son épouse. **FIN !**

Si tu veux éviter la honte d'un tel échec, ne joue pas à la maligne et apprends à connaître tes limites.
Retourne en **12**.

34.

Une servante affairée ouvre la porte. Tu lui expliques la raison de ta visite et elle t'ordonne d'aller porter la jarre à la cuisine. Tu trouves la pièce déserte. Tu en profites pour la fouiller. Tu découvres alors, en ouvrant les placards, toutes sortes de fioles et de flacons remplis de liquides aux couleurs bizarres. Cet endroit ne ressemble pas du tout à une cuisine ordinaire, mais plutôt à l'antre d'une sorcière !

⁂

Soudain, tu entends des bruits de pas approcher dans le couloir.

Trois possibilités s'offrent à toi : soit tu décides d'attendre avec la jarre entre les mains pour la remettre à la personne en main propre, au **56**. Auparavant, tu glisses Berlingot sous la table et lui ordonnes de rester sage.

Soit tu poses la jarre sur la table et te caches au fond d'une armoire : faufile-toi alors en **95**.

Soit tu te caches derrière la porte de la cuisine pour tenter une attaque directe : c'est au **4**.

35.

La jeune femme a une bonne longueur d'avance sur toi. Quand tu arrives au bout de la galerie, tu trouves une porte close que tu pousses à la volée. Cette porte communique avec un couloir proche des petits appartements de la reine : tu jaillis dans le couloir comme un diable d'une boîte, ce n'est pas très discret. Deux gardes suisses te sautent aussitôt dessus. Le temps que tu te débarrasses d'eux, la mystérieuse femme au flacon a bel et bien disparu. Et en plus, tu as oublié Berlingot dans le souterrain ! **FIN !**

Tu peux retourner sur tes pas en **62**. En négligeant ton compagnon, tu n'as pas fait le bon choix.

36.

Dans la chambre, tu découvres sur une commode une carte à jouer, représentant la dame de pique : symbole inquiétant ! Au dos de la carte, une tache de cire rouge s'étale comme une goutte de sang… Tu décides de garder la carte comme indice.

Un bruit attire ton attention : la fenêtre de la chambre, qui donne sur les jardins, est restée ouverte et bat avec le vent. À la poignée, tu remarques qu'un foulard rouge a été attaché. Tu comprends maintenant pourquoi Églantine est retournée dans sa chambre : pour accrocher ce morceau de tissu, signe qu'elle avait bien accompli sa mission en donnant sa tisane à la reine. Mais à qui est destiné ce signal ? Il y aurait donc d'autres complices dans le château ? Si tes soupçons se montrent justes, le roi et la reine sont victimes d'une vaste machination, un véritable complot d'État. Il faut que tu y mettes un terme !

Hélas, tes soupçons sont bientôt confirmés. En sortant de la chambre, tu croises une servante paniquée qui court dans le couloir en annonçant que la reine est au plus mal !

Vole en **87**.

37.

Tu découvres le nain près de la porte, dissimulé derrière une tenture. Mais au moment où tu te penches pour saisir le bébé, tu sens une lame se glisser sur ton cou.

« Ne bouge plus, petite ! » fait la voix de l'empoisonneuse derrière toi.

Ensuite, tout va très vite : tu perçois un son mou et le bruit d'un corps qui s'affaisse. Tu te retournes : Mathias a transpercé la traîtresse de part en part ! Tu n'as pas le temps de t'attendrir sur son sort.

Quant à Églantine, tu ne l'aperçois nulle part : elle s'est volatilisée très lâchement dès le début de la bataille et doit se terrer dans quelque coin. Tant pis, elle sera punie en son temps.

Empare-toi du bébé et retourne jusqu'à la galerie des Glaces en **58**.

38.

Tu secoues la feuille pour que le jus sèche : le message est devenu invisible. Il suffira à Mathias de roussir la feuille avec un briquet pour qu'il réapparaisse comme par magie ! Après avoir plié la feuille en quatre et y avoir glissé la carte à jouer, tu la fixes sous le collier de Berlingot qui part en flèche. Il sera ton messager ! À présent, tu dois risquer le tout pour le tout pour te procurer l'antidote du poison !

Passe à la phase B de ton plan en **124**.

39.

Pourquoi fuir et se compliquer la vie ? Tu n'as rien fait de mal et, de plus, tu n'es pas n'importe qui. Lorsque les gardes suisses t'abordent sans manière, tu refroidis leur zèle en annonçant ton titre d'une voix hautaine. Puis tu leur apprends ta mésaventure dans les souterrains du château et insistes pour être reçue par le roi sur-le-champ.

Banco ! Ton assurance a joué en ta faveur. Les gardes te conduisent illico vers le Roi-Soleil : rencontre cet illustre personnage en **121**.

40.

Berlingot déboule comme un boulet de canon dans les pattes de la sorcière. Déséquilibrée, elle tombe à la renverse : badaboum ! Tu en profites pour assommer Églantine avec une chaise. Il ne te reste plus qu'à ficeler les deux femmes avec la cordelette de cuisine. Quelle efficacité !

Tu charges ensuite Berlingot d'aller chercher Mathias : celui-ci ne tarde pas à te rejoindre, après avoir mis hors d'état de nuire plusieurs valets et servantes de la maisonnée...

Ensemble, vous soumettez vos deux prisonnières à un interrogatoire en règle et vous apprenez que la vieille est l'empoisonneuse (ce dont tu te doutais) et la plus jeune, sa fille. Ces deux femmes obéissent à un certain « grand maître » dont elles refusent de dévoiler l'identité. Il se trouvera néanmoins au bal masqué qui doit avoir lieu le soir même à Versailles. En marge de ce bal se tiendra une réunion secrète qui réglera le sort du jeune Dauphin. Vous décidez alors de partir immédiatement pour Versailles ; vous vous occuperez de trouver l'antidote du poison plus tard. Dans ce cas, bondis en **45**.

D'un autre côté, puisque vous êtes dans l'antre même de la sorcière, pourquoi ne pas chercher d'abord l'antidote ? Fais quelques pas de plus jusqu'en **55**.

41.

Tu tentes de défaire tes liens, mais ils sont solidement exécutés. Tu réalises alors que les deux femmes sont toujours dans la cuisine. En tendant l'oreille, tu réussis à surprendre leur conversation.

« Il faut absolument nous débarrasser de cette empêcheuse de tourner en rond ! piaille Églantine.

– Oui, mais prends garde, elle est fille de prince. On ne peut la tuer comme une vulgaire gourgandine, tempère la femme âgée. Attendons ce soir et laissons le grand maître décider de son sort… »

La demoiselle d'honneur ricane : « Bonne idée ! Il réglera en même temps le sort du Dauphin et fera d'une pierre deux coups ! Ah, ah, ah !

– En effet, dit la femme en noir. D'ailleurs, je ferais mieux de retourner à mes fioles : le grand maître m'a demandé une nouvelle dose de poison. Ça tombe bien : cette sotte m'a apporté la bave de crapaud dont j'avais besoin pour le préparer ! »

Toute seule dans le noir, tu esquisses une grimace : le liquide que tu as goûté tout à l'heure était donc de la bave de crapaud. BERK !

Écoute la fin de l'horrible conversation en **59**.

42.

À la suite de ton guide, tu pénètres dans un quartier étrange peuplé de mendiants éclopés. Des enfants en haillons courent partout dans les ruelles. Des femmes aux allures de bohémiennes traînent dans les recoins des porches. Les maisons sont délabrées, de guingois, serrées les unes contre les autres. Des cris et des rires aigus fusent par les trous des fenêtres sans vitres, des chiens errants rôdent autour des tas d'immondices, jetés à même la chaussée. Ce spectacle te fait frissonner. Tu ne savais pas qu'une telle misère pouvait exister en ce bas monde…

Après une marche dans des rues de plus en plus étroites, Mathias s'engouffre sous une galerie, dont l'issue est bloquée par deux gaillards à la mine patibulaire. À ta grande surprise, ton compagnon soulève alors l'emplâtre qui recouvre son œil, que tu croyais mort, et lance une œillade aux deux truands qui vous laissent aussitôt passer !

« Bienvenue au royaume des faux infirmes ! » chuchote Mathias au creux de ton oreille.

Tu le regardes, incrédule. Il n'est donc pas borgne du tout ! Mais alors, sa jambe de bois… ? Est-il vraiment unijambiste ? Tu ne sais plus que penser.

Mais tu n'as pas le temps d'aller plus loin dans tes réflexions car, sortant de la galerie, tu débouches dans une vaste cour entourée d'immeubles : la cour des Miracles !

Ouvre tes mirettes en **96** : le spectacle en vaut la chandelle !

43.

Mathias t'entraîne au rythme de la musique vers le fond de la Galerie. Ton ami danse à la perfection malgré sa jambe de bois et il a fort belle allure dans son costume de gentilhomme. Tu as beau être en mission, tu te laisses aller entre ses bras. Pendant quelques minutes, tu oublies tout.

Quand la musique cesse, le charme se rompt. L'empoisonneuse, qui vous a suivi sous la garde discrète de Berlingot, vous guide vers un salon voisin où deux gardes sont en faction le long du mur. Elle leur montre la dame de pique. Aussitôt, les gardes s'effacent, une porte invisible coulisse dans le mur et vous pénétrez dans une pièce secrète. La porte se referme sur vous. Découvre ce qui se cache à l'intérieur en **119**.

44.

Tu te fraies un passage à tâtons parmi les courtisans, qui continuent à gigoter par terre, en direction du mystérieux éclair. Tu finis par te retrouver devant une des glaces qui recouvrent le mur gauche de la Galerie.

Dépitée, tu donnes un coup de pied dans la glace en **32**.

Intriguée, tu observes la glace de plus près en **65**.

45.

Toi et ton ami Mathias sautez dans un fiacre, hélé dans la rue, direction Versailles. C'est seulement en milieu de chemin que vous vous rendez compte que vous n'êtes guère habillés pour paraître à la cour ! Tu es toujours en tenue de grisette ; quant à Mathias, sa jambe de bois et ses haillons risquent de faire mauvais effet dans la galerie des Glaces. De toute façon, il est peu probable que les gardes du roi laissent entrer votre fiacre dans la cour d'honneur du château. Seuls les carrosses y ont accès. La précipitation est mauvaise conseillère et risque de compromettre l'issue de la mission. **FIN** !

Il vaut mieux rebrousser chemin et revenir en **40** !

46.

Malgré la nuit qui est tombée, les jardins de Versailles sont en fête : partout, des torches éclairent les buissons et jettent leurs lueurs rousses dans les bassins ondoyants. Des jets d'eau s'échappent en cadence des fontaines. Tu aimerais pouvoir apprécier toute cette beauté et te promener, au bras de Mathias, en discutant gaiement parmi les statues… mais les ennemis sont toujours à vos trousses. Vous croisez une troupe de domestiques qui vous apprennent que le roi se trouve justement dans les jardins, devant le bassin de Latone, pour assister à un feu d'artifice donné en l'honneur de l'ambassadeur (ce traître !). Le spectacle débute dans quelques minutes.

Courez-y : c'est au **102**.

En voyant ta belle robe, l'aubergiste se répand en salutations. Mais, par précaution, tu te présentes sous une fausse identité et prétends être une riche commerçante, en route vers Paris. Le gros bonhomme gobe tout sans sourciller. Il t'introduit dans la salle à manger et t'installe devant une belle flambée, face à la cheminée.

Après un savoureux repas, la fatigue s'abat sur toi. Tu peux monter dans ta chambre pour prendre un repos bien mérité et t'endormir sur tes deux oreilles en **107**.

Ou bien, tu fais d'abord un détour par les écuries pour vérifier que ta jument a tout ce qu'il lui faut : dans ce cas, recule au **28**.

47.

48.

Le chambellan, qui te prend pour une servante (merci, Mathias, pour la bonne idée de déguisement !), t'ordonne d'aller porter le plateau au roi et à son hôte l'ambassadeur. En chemin, maligne, tu intervertis les deux boissons. C'est donc l'ambassadeur qui hérite de l'orangeade empoisonnée : il ne tarde pas à s'écrouler au sol en étouffant.

Au même moment, une magnifique fusée s'élève dans le ciel, attirant tous les regards.

Tu fais comme les autres et lèves les yeux : direction le **91**.

Tu préfères les darder sur le chambellan : va au **11**.

49.

Madame de la Rochenoire t'attend près de la porte, derrière une tenture.

Elle te tend le bébé et dit : « À présent, à vous de tenir parole. Sauvez ma fille.

– Je vous le promets, madame…

– Dans ce cas, je vais pouvoir mourir en paix. »

Tu découvres alors la tache de sang qui s'élargit sur le devant de sa robe.

« Le grand maître a eu le temps de me toucher quand il a compris que je l'avais trahi. »

Son visage devient livide.

« Méfiez-vous… de lui… balbutie-t-elle. Le flacon… a roulé sur la table sans se casser… Il a le… poison. »

Et sur ce dernier mot, la sorcière expire.

Serrant le bébé contre toi, tu te précipites hors de la pièce et file en **58**.

50.

Tu viens de te prendre un sérieux coup sur le crâne. En outre, ta robe à dentelles te gêne : ce n'est pas la tenue idéale pour piquer un sprint. Résultat : tu as vite fait de te faire cueillir par les gardes. Ils te conduisent jusqu'au roi, car ton comportement louche a fait de toi leur principale suspecte ! Incline-toi devant ton souverain en **121**.

51.

Quelque temps après, tu te présentes dans la salle d'audience du roi. Mathias n'est pas avec toi, mais cela fait partie du plan. Tu serres entre tes bras le couffin du nourrisson.

Tu es reçue par le grand chambellan qui t'annonce que le roi assiste à un feu d'artifice donné dans les jardins du palais en compagnie de l'ambassadeur. Il te félicite pour tes exploits et t'invite à lui remettre l'enfant et l'antidote pour qu'il aille les porter à la reine en attendant le retour du souverain. En t'approchant du chambellan, tu notes ses mains osseuses et l'odeur aigrelette exhalée par son costume. Tu comprends qui il est !

Réagis en **25**.

52.

« Pendant que tu vaques à tes fioles, je vais me préparer pour le bal masqué qui a lieu à Versailles ce soir ! annonce la jeune femme.

– Entendu, Églantine, mais n'oublie pas de te munir d'une dame de pique ; sans elle, tu n'assisteras pas à notre réunion secrète en marge du bal ! recommande la sorcière. C'est là que le grand maître réglera le sort du Dauphin… Ah, ah, ah ! »

Tu comprends tout à présent : ces deux femmes sont aux ordres d'un certain « grand maître » qui semble le cerveau du complot. Elles ont enlevé le fils du roi et s'apprêtent sans doute à l'empoisonner le soir même. Il te faut assister à ce bal coûte que coûte pour que l'irréparable n'ait pas lieu ! Mais tu dois aussi te procurer l'antidote du poison pour sauver la reine. Il se trouve sans doute dans cette cuisine, à portée de main… Que faire ?

Réfléchis à un plan en **12**.

53.

Tu as beau regarder de tous côtés, tu ne vois nulle trace de ton ami Mathias ni d'aucun homme à la jambe de bois. L'angoisse te saisit : et s'il n'avait pas eu ton message ? Le menuet précédent vient de s'achever et l'orchestre démarre un nouveau morceau. C'est alors qu'un beau jeune homme se dirige vers toi, s'incline sans un mot et te tend la main : c'est une invitation à danser !
Églantine se penche à ton oreille et te dit : « Acceptez et dansez avec lui jusqu'au bout de la Galerie. Mais je vous garde à l'œil. Si vous tentez quoi que ce soit, vous êtes morte ! »
Suis donc ton cavalier vers le **125**.

54.

Agile comme un chat, tu pares le premier coup en sautant vers la droite, le second en bondissant vers la gauche. Mais zébrant l'air de la pointe acérée de son arme, Églantine te force à reculer dans le renfoncement d'une fenêtre. Tu es piégée ! Elle s'approche de toi, le poignard dressé… Tu vois dans ses yeux qu'elle est décidée à frapper. Vas-tu mourir là, dans un couloir désert de Versailles, de l'œuvre d'une main félonne ? SÛREMENT PAS ! Ce serait une mort par trop déshonorante. Avisant l'épais cordon en velours du rideau de la fenêtre à ta gauche, tu t'en saisis prestement, l'enroules autour du poignet d'Églantine, et serres.
Ton assaillante pousse un cri de douleur et lâche son arme. Tu t'en empares rapidement.
Tu ne comptes pas la tuer, mais lui faire avouer son crime en **126** !

55.

Tu commences par saisir un flacon contenant un liquide verdâtre sur une des étagères de la cuisine. Tu le débouches : il dégage une odeur fade qui te rappelle quelque souvenir… Ce n'est sûrement pas l'antidote du poison, mais le poison lui-même !

Rusée, tu fais alors un pari… risqué certes. Mais qui ne tente rien n'a rien. Tu fais boire de force ce flacon de poison à la fille de la sorcière. La jeune femme est bientôt prise de spasmes et se tortille au sol comme un ver de terre. La réaction de sa mère est à la hauteur de tes espérances : elle t'indique immédiatement où se trouve l'antidote du poison !

« Merci, madame… »

Mais tu ne comptes pas t'arrêter en si bon chemin et continue ton chantage : « Si vous voulez sauver votre fille, madame, conduisez-moi ce soir au bal du roi à Versailles. Je serai masquée et prendrai la place d'Églantine… Vous m'introduirez dans votre petite réunion secrète auprès du grand maître et me laisserez y agir à ma guise. Si je parviens à sauver le Dauphin, je donnerai ensuite cet antidote à votre fille. Si le Dauphin meurt, votre fille mourra elle aussi ! »

Effondrée, l'empoisonneuse accepte.

Charge Berlingot de ramener Mathias, qui patiente toujours à l'extérieur, et poursuivez ensemble l'aventure vers Versailles en **69**.

56.

Une femme d'âge mûr, entièrement vêtue de noir, fait irruption dans la cuisine. Elle est talonnée par une seconde femme beaucoup plus jeune.

Si au début de l'histoire tu as suivi la piste de la dame en noir, tu la reconnais à ce moment-là. Si, au contraire, tu as poursuivi la demoiselle d'honneur, tu identifies sans peine la jeune complice : c'est Églantine de la Rochenoire !

Le petit souci, c'est que l'une ou l'autre te reconnaît elle aussi immédiatement… tu es démasquée !

Si tu as pris le pistolet tout à l'heure, c'est le moment de le sortir : mets les femmes en joue en **82**.

Sinon, débrouille-toi sans arme à feu et bondis au **122**.

57.

Tu regagnes ta chambre pour te préparer un petit bagage. Tu comptes aussi troquer ta robe sophistiquée contre une tenue moins encombrante. Tu as le nez plongé dans l'armoire quand Berlingot se met à aboyer.

Tu es aussitôt sur tes gardes : tu as compris qu'à Versailles les ennemis peuvent être partout. Des coups sourds résonnent bientôt à la porte de ta chambre : quelqu'un essaie de l'enfoncer. Vite, enfuis-toi avec Berlingot par l'escalier de service vers les écuries du château. Là, enfourche Alezane, ta meilleure jument, et pars au grand galop.

Enfonce-toi dans la forêt, direction le **71** !

58.

Mathias ne tarde pas à te rejoindre. Suivis de Berlingot, vous vous engouffrez dans la galerie des Glaces et vous mêlez à la foule des danseurs. Vous avez remis vos masques pour passer inaperçus, mais votre hâte vous trahit. Vous vous apercevez rapidement que vous êtes poursuivis.
Le bébé que tu tiens emmitouflé dans les pans de ta jupe te ralentit.
Tu es sur le point d'être rattrapée lorsque Mathias, qui a pris un peu d'avance, tend les bras vers toi et chuchote : « Passe-moi le bébé ! Tu iras plus vite. »
Tu lui tends aussitôt le bébé ? Rends-toi au **101**.
Tu hésites ? Va au **3**.

59.

« Pendant que tu vaques à tes fioles, je vais me préparer pour le bal masqué qui a lieu à Versailles ce soir ! annonce Églantine.
– Entendu, ma fille, mais n'oublie pas de te munir d'une dame de pique ; sans elle, tu n'assisteras pas à notre réunion secrète en marge du bal ! » avertit la sorcière.
Tu comprends tout à présent : la femme en noir est l'empoisonneuse et Églantine, sa fille et son bras armé. Ces deux femmes sont aux ordres d'un certain « grand maître » qui semble être le cerveau de l'affaire. Qui est-il ? Cela reste à déterminer.
En tout cas, il te faut assister à ce bal masqué coûte que coûte pour que l'irréparable n'ait pas lieu ! Ces gens semblent décidés à tuer le Dauphin, c'est-à-dire le fils du roi, le soir même. Tu dois aussi essayer de te procurer l'antidote du poison qui menace la vie de la reine. Il se trouve sans doute dans cette cuisine, à portée de main…
Comment faire ? Après un moment de réflexion, un plan germe dans ta tête.
Réalise-le en **74**.

60.

Cette Églantine n'est pas un adversaire à ta hauteur ! Tu es cinq fois plus rapide qu'elle et dix fois plus souple. En deux temps, trois mouvements, tu l'as désarmée et tu la menaces… Tu ne comptes pas la tuer, mais lui faire avouer son crime en **126** *!*

61.

L'ambassadeur fait moins le fier à présent : lui faisant miroiter l'antidote, tu lui promets la vie sauve s'il révèle où se cache le bébé. Il craque aussitôt. Une fois le Dauphin mis en lieu sûr par Mathias, tu tiens parole et lui administres une partie de la fiole, sachant qu'il en reste assez pour sauver la reine (ainsi qu'Églantine si tu lui as administré le poison). Il ne vous reste plus qu'à célébrer la victoire en **105**.

62.

La femme au flacon va bon train à travers le labyrinthe. Tu reposes Berlingot à terre et, craignant de perdre la trace de la ravisseuse, te précipites à ses trousses… Ta course n'est pas discrète : tu finis par te faire repérer ! La femme se met à courir pour t'échapper. Comme elle connaît les lieux, elle est plus rapide que toi. Mais Berlingot la suit de près : il parvient même à agripper le bas de sa robe avec ses crocs pointus !
Furieuse, la méchante femme se retourne et donne un coup de pied à Berlingot pour se dégager. Le chien glapit de douleur.
Tu hésites : tu peux t'arrêter pour vérifier que Berlingot n'est pas blessé ; dans ce cas, recule au **116**.
Ou bien continue jusqu'en **35** à la poursuite de cette harpie !

63.

Félicitations ! Tu vas réussir ta mission et parvenir à remettre son enfant au roi. Mathias lui aussi déposera l'antidote à temps pour sauver la reine ; cependant, en quittant ses appartements, il se fera tuer par un valet embusqué, aux ordres du grand maître qui, lui, ne sera jamais retrouvé. Cette histoire te laissera donc toujours un goût d'inachevé : tu aurais aimé confondre le coupable et surtout… ne pas perdre Mathias. Le souvenir de ce jeune homme te poursuivra toute ta vie. **FIN !**

Tu n'as pas envie de ce destin ? Reviens en **18** et rappelle-toi que certaines décisions peuvent changer le cours de toute une existence.

64.

« B'jour, m'dame, réponds-tu en prenant un accent de patois normand. Chuis la cousine de Mathias et j'viens d'arriver à la capitale. J'aurais ben besoin d'un travail…

– Ça tombe bien ! s'écrie la romanichelle. Ma fille de courses vient de me lâcher pour se marier, la sotte ! Elle m'a laissée en plan et mes pauvres jambes ne me portent plus. J'ai besoin de quelqu'un pour remplir une mission un peu spéciale cet après-midi. Pourrais-je te faire confiance ? ajoute-t-elle en te scrutant d'un œil acéré.

– Ben sûr que oui, m'dame. Ch'ferai tout ce que vous me direz… réponds-tu en ouvrant de grands yeux bêtas.

– Très bien : il s'agit d'aller porter cette jarre chez une dame des beaux quartiers », dit la gitane en te montrant une cruche de terre posée dans un coin de son gourbi. Et elle ajoute avec un clin d'œil grivois : « Cette jarre contient un philtre d'amour de ma composition… sois discrète, cette dame est coquette et elle aime plaire… mais elle ne tient pas à ce qu'on sache comment elle attire les mignons dans sa toile, eh, eh, eh… »

Empare-toi de la jarre et file remplir ta mission en **22**.

65.

Tu jurerais que c'est cette glace qui a produit l'éclair, mais comment ? Tu remarques alors que le soleil de la fin d'après-midi joue sur les miroirs, à l'autre bout de la Galerie, et les fait scintiller. C'est donc le soleil, en se reflétant sur la glace, qui a provoqué l'éclair. Mais pour faire face au soleil, elle a dû tournoyer. Or, si la glace a pivoté, c'est qu'elle s'est ouverte ! Vite, tu fais courir tes doigts le long du rebord du miroir. Tu ne tardes pas à buter sur une petite aspérité. Tu appuies dessus : clic, la glace s'entrouvre sur un passage secret.

Ni une ni deux, retrousse ta large jupe, noue deux pans pour faire une poche dans laquelle tu glisses Berlingot et, vive comme l'anguille, faufile-toi dans l'étroit passage !

Découvre ce qui t'attend en **76**.

66.

Tu as beau dévisager les personnes présentes, tu ne reconnais Mathias derrière aucun des masques. Et surtout, aucun homme dans cette pièce ne porte de jambe de bois ! Le courage t'abandonne : Berlingot n'a donc pas réussi à porter le message à ton ami ? Te voici seule entre les griffes de ces fous, désarmée et donc sans moyen de te défendre ni de sauver la vie du Dauphin !

Le grand maître se tourne vers l'empoisonneuse à côté de toi.

« Madame, avez-vous apporté le poison comme convenu ?

– Oui, maître, dit la sorcière en tendant son philtre à l'infâme personnage. Et je vous ai amené également une prisonnière. »

Les yeux noirs du grand maître se posent alors sur toi. Au même instant, tu vois filer une sorte d'éclair noir et blanc au ras du sol.

Suis-le en **80**.

67.

Tu te déshabilles derrière un paravent et troques ta robe de cour et ton corset rigide contre un autre corset, plus souple, et une petite robe en coton dévoilant tes chevilles, avec un tablier assorti. Tu échanges aussi tes escarpins de satin contre des bottines en cuir. Cette tenue te semble un peu osée, mais elle est tellement confortable. Dedans, tu te sens libre de tes mouvements comme jamais ! Tu dissimules Berlingot dans une poche de ton tablier et tu sors.

Dans le bric-à-brac du marché, tu déniches également un éventail au manche creux. Tu l'achètes pour y glisser ta dague et les indices que tu as récoltés.

Tu en profites pour montrer la carte à jouer à ton compagnon : « C'est ma seule piste, lui avoues-tu, découragée.

– J'ai déjà vu cette carte quelque part ! annonce Mathias. Chez une diseuse de bonne aventure de la cour des Miracles.

– Alors, allons-y ! lances-tu, le moral aussitôt regonflé.

– Euh… je vous préviens, c'est pas un endroit pour les princesses, grimace Mathias.

– Mais je ne suis plus une princesse, môssieur. Je suis une grisette ! » rétorques-tu avec aplomb.

Tu es sûre de vouloir suivre Mathias dans les mauvais quartiers ?
Alors aventure-toi en **42**.

68.

Vous vous dirigez tous les deux vers le roi. En vous apercevant, il vient à votre rencontre. La vue de son enfant, vivant et en bonne santé, le remplit de joie ! Tu commences à lui conter le déroulement de votre enquête lorsque le grand chambellan se présente pour offrir une orangeade au souverain. Au même moment, une autre fusée éclate dans le ciel. Tous les regards se tournent vers le spectacle, sauf le tien : tu es intriguée par le manège de Berlingot qui renifle avec insistance le bas de la jambe du chambellan. Le roi accepte l'orangeade et, avant de la porter à ses lèvres, confie le bébé et l'antidote à son fidèle chambellan, avec pour ordre d'aller tous deux les porter à la reine.

Si tu décides de t'opposer au roi en t'interposant entre lui et le chambellan, saute au **94**.

Sinon, recule en **23**.

69.

À l'heure dite, tu montes dans le carrosse avec l'empoisonneuse, direction Versailles. Tu as revêtu la robe de bal et le masque de mademoiselle de la Rochenoire, l'illusion est parfaite. Mathias, lui, a enfilé un habit de gentilhomme. Vous quittez la rue du faubourg Saint-Honoré en laissant la jeune Églantine en proie à la fièvre, sous la garde de quelques gaillards de la cour des Miracles que Mathias a fait venir pour l'occasion ! En arrivant à Versailles, vous vous dirigez vers la galerie des Glaces d'où s'échappe la musique du bal, qui vient de débuter.

Rendez-vous au **21** !

70.

Tu te précipites hors de la Galerie et… surprise ! Tu débouches au milieu d'un buisson dans les jardins de Versailles, au bord du Grand Canal. Encombrée par ta robe, tu te débats contre les branches. Ta sortie n'est pas très discrète…

Arrivée dans l'allée, tu tournes la tête de droite à gauche, mais la ravisseuse a disparu. Où a-t-elle bien pu passer ? Soudain, tu sens une présence derrière toi. Tu fais volte-face, mais un coup sourd s'abat sur ta tempe. Tu glisses dans l'inconscience sans avoir pu voir ton agresseur. Tu retiens juste une impression : celle d'une haute silhouette sombre d'où s'exhale une odeur désagréable.
Reprends tes esprits en **29**.

71.

Après ces heures d'angoisse passées dans les couloirs étouffants du palais, le souffle du vent sur ta figure, les senteurs humides de la forêt, te font grand bien. Tu es une excellente cavalière et ta jument va bon train. Les bois qui entourent Versailles sont immenses : c'est un autre royaume dans lequel tu pénètres maintenant. La nature seule y fait sa loi. Peu à peu la nuit tombe et l'obscurité se répand dans la futaie. Une inquiétude sourde germe dans ton esprit. Tu continues de galoper à l'aveuglette, espérant être sur le bon chemin.
Après deux heures de course dans la forêt, la nuit est complètement tombée. Ta jument, fatiguée, boitille. Tu repères une auberge, plus loin sur le chemin. Heureux hasard ! Ce sera l'endroit idéal pour te restaurer et passer la nuit, tu reprendras la route de Paris demain matin à l'aube. Tu confies ta jument aux bons soins du palefrenier de l'auberge et toque à la porte.
On t'ouvre en **47**.

72.

Votre déguisement vous interdit de vous approcher trop près du roi. Vous restez donc près du buffet, installé au bord du bassin de Latone où le grand chambellan du roi est occupé à dresser les assiettes et à distribuer les boissons. Tu remarques alors que Berlingot lui flaire la jambe avec insistance ; relevant les yeux, tu surprends le chambellan en train de verser une drogue dans un verre d'orangeade. Il prépare ensuite un second verre, sans drogue, et pose les deux boissons sur un plateau.

Il n'y a pas de temps à perdre : tu t'avances immédiatement et saisis le plateau.

Va au **48**.

73.

Les passants que tu as interrogés t'ont expliqué que la place de Grève était située devant l'Hôtel de Ville, en bordure de Seine. On l'appelle ainsi parce qu'elle est bordée d'une « grève », une plage de sable et de gravier : c'est là que la plupart des péniches apportant aux Parisiens les tonneaux de vin, de blé, de bois et de foin accostent chaque matin.

❉

Lorsque tu débouches sur la place, peu avant midi, elle est déjà noire de monde. Au milieu se dresse une estrade avec une étrange roue plate, installée par-dessus. Intriguée, tu descends de cheval et laisse Alezane aux soins d'un palefrenier du port. La foule te presse de tous côtés, mais tu réussis à te frayer un chemin jusqu'au pied de la plate-forme. C'est là, en voyant un grand homme taillé comme un ours, vêtu du tablier jaune des bourreaux, entrer en scène, que tu comprends ce qui se trame. Au même moment, une charrette fend la foule. À son bord, un prisonnier enchaîné. Tu as beau avoir l'estomac bien accroché, tu es prise de malaise : l'idée de voir un homme torturé sous tes yeux t'est tout simplement insupportable…

Tu entends alors, derrière toi, une voix murmurer : « J'peux vous aider, mam'zelle ? »

Fais volte-face et découvre qui t'adresse ainsi la parole en **15**.

74.

Attends d'abord que l'empoisonneuse ait fini de vaquer à ses fioles. Une fois qu'elle a quitté la cuisine, siffle Berlingot : il accourt dans l'office, en sautant sur la poignée de la porte pour l'ouvrir. Tu te félicites de l'avoir si bien dressé quand il était petit : il t'obéit au doigt et à l'œil et sait faire mille et un tours. Tu lui demandes de ronger les cordes qui attachent tes poignets.

Les mains libres, tu saisis le poignard caché dans l'éventail pendu à ta ceinture et tranches le reste de tes liens. Tu te précipites dans la cuisine. Là, tu dégotes une feuille de papier et un citron. Trempant la pointe de ta dague dans le jus du citron et t'en servant comme d'une plume, tu écris un message sur la feuille à l'encre sympathique à l'attention de ton ami Mathias.

Tu achèveras cette missive secrète au **77**.

75.

Après un « non merci, monsieur »
bien cinglant, tu te détournes et fixes des yeux résolus
vers la roue où le bourreau a attaché le prisonnier,
les membres en croix. Mais tu te sens de plus en plus mal.
Lorsque le bourreau saisit sa barre de fer pour frapper
le prisonnier, ta vue se brouille et tu t'évanouis.
Vas-tu te faire piétiner par la foule ?

Réponse au **2**.

76.

Qu'il fait sombre là-dedans ! À tâtons, les mains tendues devant toi, tu avances… mais le sol se dérobe aussitôt sous tes pas ! Te voilà en train de tomber dans un boyau vertical qui descend droit sous terre.

Si tu réagis en te roulant en boule pour amortir ta chute, va au **9**.

Si tu préfères tendre les mains devant toi pour tenter de freiner ta descente, va en **81**.

77.

« Un bal masqué a lieu à Versailles ce soir. Les ennemis du roi vont s'y retrouver. Ils tiendront une réunion secrète pendant le bal. La dame de pique sert de sésame pour y entrer. Rejoins-moi là-bas et prépare-toi à défendre le fils du roi !

Bonne chance. Signé : Aurore. »

Va au **38**.

78.

Rien ne se passe ! La feuille reste intacte. Le liquide que tu as versé est transparent et visqueux, sans parfum.

Tu en mets un peu sur ta langue : « Hum… ça n'est ni du poison, ni un philtre d'amour. Personne n'irait boire ça, c'est trop dégoûtant. On dirait… de la bave ! »

Sous les yeux de plus en plus admiratifs de Mathias, tu refermes la jarre et vous vous acheminez jusqu'au domicile de la dame : c'est au **99**.

79.

En ton absence, il semble que la cour entière se soit donné rendez-vous dans la chambre de la reine ! Une masse de courtisans y stationnent en parlant à qui mieux mieux. Cette situation ne te plaît guère… Au milieu de la foule, tu avises une jeune femme qui s'approche de la souveraine, un plateau d'argent entre les mains. Sur le plateau, une tasse exhale un étrange fumet un peu fade.

« Qu'est-ce que c'est ? demandes-tu à la servante de la reine, en fronçant les sourcils.

– C'est l'infusion favorite de madame la reine. Mademoiselle Églantine de la Rochenoire, qui tient le plateau, est une autre demoiselle d'honneur de Sa Majesté », explique la petite bonne.

Cette explication te convient et tu ne cherches pas à en savoir davantage ? Rends-toi en **113**.

Mais si tu continues à te méfier, recule jusqu'au **13**.

80.

Cet éclair noir et blanc, c'est Berlingot ! Surgi de nulle part, il fonce vers le grand maître et plante ses crocs dans un mollet.
« AAAAH ! »
Surpris par la douleur, l'homme lâche le bébé… Avant que quiconque ait pu réagir, un nain masqué bondit comme un ressort de derrière les jupes des dames et rattrape l'enfant de justesse, avant de disparaître de nouveau.
Ce nain, tu l'as déjà vu, il te semble… Oui, c'était à la cour des Miracles ! Au même instant, tu entends derrière toi le bruit d'une épée que l'on sort de son fourreau. Tu te retournes : c'est le jeune homme avec lequel tu as dansé tout à l'heure. D'un geste, il arrache son masque et tu reconnais Mathias ! Mais… il n'a pas de jambe de bois ? C'était donc une fausse !
Agile comme un cabri, ton ami bondit à côté de toi et t'entraîne à l'écart des deux ravisseuses. Tu entends alors le bruit d'une seconde épée.
« Tiens, c'est pour toi ! » dit-il en te tendant l'arme.
Saisis la lame et lance-toi dans la bataille en **109**.

81.

Tu tends les bras et tes mains rencontrent, le long du mur qui défile à toute vitesse, des barreaux de fer. T'écorchant au passage, tu t'y agrippes. Te voici à présent suspendue dans le vide, mais au moins tu ne tombes plus ! En tâtonnant, tu t'aperçois qu'une échelle est installée le long du mur de terre. Tu descends les degrés et te retrouves bientôt dans un couloir plongé dans une quasi-obscurité. Faut-il aller vers la droite ou vers la gauche ? Tu hésites quand soudain Berlingot bondit de sa cachette et file vers la droite, la truffe au sol. Grâce à lui, tu vas pouvoir retrouver la trace du ravisseur d'enfant. Mais pourras-tu le rattraper à temps ?

Réponse en **26**.

82.

« Ne bougez pas ou je tire ! » menaces-tu, en pointant ton arme vers les deux femmes.

À ta grande surprise, Églantine éclate de rire. Puis elle marche vers toi d'un pas décidé.

« Je vous ai dit de ne pas bouger ! » hurles-tu.

En vain : Églantine continue d'avancer et tu ne te résous pas à tirer. Tu as horreur des pistolets : il n'y a rien de noble à les manier. Toi, tu es habituée aux combats d'épée, qui exigent de l'adresse, du courage. Pas une simple pression du doigt sur une vile gâchette !

Églantine finit par saisir ton arme.

Puis elle te regarde avec un sourire narquois et soulève un clapet sur l'arme : « Bécasse ! Tu n'avais pas enlevé la sécurité ! Tu ne risquais pas de me faire bien mal avec ton joujou. Maintenant, il est chargé, alors, à toi de filer doux. »

Impuissante, tu n'as d'autre choix que d'obtempérer. La femme aux allures de magicienne te ficelle comme un saucisson avec une corde et te jette dans l'office près de la cuisine.

Tu te retrouves toute seule dans le noir, en **41**.

83.

Tu pénètres donc seule, le bébé entre tes bras, dans la salle d'audience du roi, laissant même ton fidèle Berlingot à l'extérieur. Mais le souverain n'est pas présent : tu es accueillie par son grand chambellan qui te félicite pour tes exploits. Il t'invite à lui remettre l'enfant et l'antidote. En t'approchant de lui, une odeur aigrelette, désagréable, frappe tes narines. Quand il tend ses mains osseuses vers le bébé, tu comprends qui il est : le grand maître et lui ne font qu'un !

Tu tires ton épée. Il en fait autant. Le combat s'engage, mais tu es gênée par le nourrisson que tu serres contre toi, et le traître prend vite l'avantage.

Désespérée, tu appelles au secours : « Mathias ! »

Vois si ton ami répond à ton appel en **115**.

84.

Malgré sa vilaine apparence, quelque chose te dit que tu peux faire confiance à ce jeune homme. Après tout, ton confesseur ne t'a-t-il pas seriné toute ton enfance que « l'habit ne faisait pas le moine » ? Tu bois donc la fiole jusqu'à la dernière goutte ... et tu te sens tout de suite ragaillardie ! Ton sauveur s'approche alors de ton oreille : écoute ce qu'il a à te dire en **106**.

*

85.

Malheureuse ! Fuir en pleine forêt, de nuit, tu ne peux que te perdre ! En outre, tu as oublié un détail : les loups ! Affamés, ils hantent tous les bois du royaume et sortent à la nuit tombée pour traquer les voyageurs égarés. Te voici attaquée par une meute de grands loups gris. Tu échappes à une mort certaine en grimpant à un arbre. Mais ta jument s'enfuit… Tu es coincée. En plus, tu t'es tordu la cheville en glissant sur une branche. Le lendemain matin, les loups seront rentrés dans leur tanière, mais tu ne pourras poursuivre l'aventure.

Pour continuer ton enquête, retourne au **118**.

86.

Quelques heures plus tard, les deux femmes viennent te chercher dans l'office et dénouent tes liens. Sous la menace d'un pistolet, elles te forcent à enfiler une robe de bal et couvrent ton visage d'un masque. Puis elles te font monter dans leur carrosse, direction Versailles. Les cahots du chemin te bercent et tu en profites pour glisser dans les bras de Morphée goûter quelque repos.

❋

Arrivée dans la cour d'honneur du château de Versailles, tu descends, encadrée par tes deux geôlières. Personne ne peut le voir, mais la vilaine Églantine a dissimulé son pistolet sous un manchon de soie et elle presse la gueule de l'arme contre tes côtes. Impossible de t'échapper ! Tu suis donc docilement les deux femmes jusqu'à la galerie des Glaces où a lieu le bal.

C'est au **21**.

87.

Tu te fraies un chemin parmi la foule jusqu'au lit de la reine. La pauvre n'est plus que l'ombre d'elle-même. Tout son corps tremble, et de la salive mousse à ses lèvres.

Tu te penches à son oreille : « Madame, je vous supplie de m'écouter. Tout à l'heure, j'ai tenté de vous mettre en garde. En vain. Vous avez été empoisonnée... »

La reine, dans un sursaut de lucidité, tourne vers toi un regard fiévreux et balbutie : « Retrouvez... mon bébé... c'est tout... ce qui compte. »

Prête serment devant la reine en **8**.

88.

Il vous faut traverser toute la Galerie pour vous rendre au rendez-vous secret. Au même instant, l'orchestre démarre un menuet.

Mathias se penche alors vers toi et demande galamment : « M'accorderez-vous cette danse, mademoiselle ? »

Si tu acceptes, va en **43**. Si tu refuses, rends-toi au **129**.

89.

Mauvais choix ! À peine as-tu sorti de la poche suspendue sous ton jupon quelques écus d'argent que le malandrin se met à pousser des hauts cris : « Quoi ? De l'argent ? Mais, madame, chuis un gars honnête, moi ! »

Son raffut finit par attirer les gardes suisses en faction un peu plus loin. Le valet, qui doit être un complice de la demoiselle d'honneur, te dénonce. Au même moment, une servante paniquée déboule dans le couloir en annonçant que la reine a été empoisonnée ! Tu es aussitôt soupçonnée et mise à la geôle. Quand tu en sortiras, plusieurs jours après, il sera trop tard : la reine sera morte et son enfant ne sera jamais retrouvé... **FIN !**

Tu veux éviter cette tragédie ?

Alors retourne au **5** et rappelle-toi que ton code d'honneur aristocratique t'interdit de recourir à des subterfuges déshonorants.

90.

Une carte à jouer ! Il s'agit de l'inquiétante dame de pique, qui porte malheur. Au dos de la carte, une tache rouge a été coulée à la cire ; cela ressemble à du sang ! Un frisson te parcourt de la tête aux pieds. Qu'est-ce que cela peut bien signifier ? Est-ce la dame en noir qui a perdu cette carte ? Et dans ce cas, quel rôle peut-elle jouer ?

Dans le doute, tu glisses la carte dans ton corsage : c'est un indice qu'il te faut conserver.
Vite, la voleuse d'enfant a disparu au bout du couloir et s'est évanouie dans la nature.
Va la retrouver en **70**.

91.

Tandis que tu as les yeux levés, tu entends une détonation sèche. Le roi s'écroule à son tour, touché en plein cœur par le tir d'un pistolet. Il agonise entre tes bras et toi, tu enrages. Ta mission a échoué… parce que tu as préféré admirer un feu d'artifice à faire ton devoir. Quelle sotte ! **FIN !**
Tu peux revenir au **48** et ne pas te laisser distraire…

92.

Le jeune voyou te fixe d'un air rigolard… Tu ne comprends pas bien pourquoi. Tu le saurais si tu avais un miroir sous la main, car tu es en train de blanchir comme neige…
Il se penche alors vers ton oreille : apprends ce qu'il a à te dire en **106**.

93.

« Mon bébé ! Où est mon bébé ? Qui m'a pris mon bébé ? » ne cesse de balbutier la reine, en se tordant les mains. Sa douleur de mère te perce le cœur. Avec l'aide d'une servante, tu conduis la reine pantelante jusqu'à ses appartements où elle s'écroule dans un fauteuil, les yeux vagues, indifférento à ceux qui l'entourent.

Tu demandes à la servante de veiller sur la reine et files dans ta propre chambre, située à l'étage au dessus. Tu ouvres le tiroir de ta commode et saisis une dague en argent ciselé, que ton père t'a offerte pour aller à la chasse. Tu la glisses dans ton corsage : toi, tu vas chasser un autre gibier aujourd'hui que des bêtes à poils ou à plumes. Tu es bien décidée à retrouver le criminel qui a kidnappé le bébé de la reine, foi de princesse ! Ton fidèle compagnon Berlingot va t'aider dans cette chasse à l'homme mais, pour l'heure, tu n'as pas besoin de lui, enferme-le donc dans ta chambre.

Retourne ensuite au chevet de la reine : c'est au **79**.

94.

Tu te précipites pour faire tomber le verre que le roi tient dans sa main. Alerté, ton ami Mathias tire son épée et blesse le chambellan, en lui arrachant le nourrisson et la précieuse fiole. L'homme s'écroule, ensanglanté. Tu montres alors son bas déchiré, à l'endroit du mollet où Berlingot l'a mordu plus tôt dans la soirée : car le grand chambellan n'est autre que le grand maître en personne ! À l'endroit où l'orangeade s'est renversée, l'herbe du parterre a viré au noir : la boisson était empoisonnée. Vous venez donc de sauver le roi d'une mort certaine et de réussir votre mission en mettant le cerveau de l'affaire hors d'état de nuire. Célébrez votre victoire en **105**.

95.

Cachée dans l'armoire, avec Berlingot à tes pieds, tu observes ce qui se passe dans la cuisine par un interstice entre deux planches. Tu vois arriver dans la pièce deux femmes : la première est vieille, toute de noir vêtue ; la seconde, jeune et coquette. Si, au début de l'histoire, tu as suivi la piste de la dame en noir, tu la reconnais alors en la personne de la vieille femme. Si, au contraire, tu as poursuivi la demoiselle d'honneur, tu identifies sa jeune complice comme étant Églantine de la Rochenoire. Et tu te félicites de t'être cachée dans l'armoire car, ainsi, elles ne peuvent pas te voir et te reconnaître !

En apercevant la jarre posée sur la table, la vieille femme s'écrie : « Ah, ma livraison de bave de crapaud est arrivée ! Je vais pouvoir concocter une nouvelle dose de mon poison fétiche. »

Dans la pénombre de l'armoire, tu tressailles : le liquide que tu as goûté tout à l'heure était donc de la bave de crapaud. BERK ! Et cette dame en noir est la sorcière qui a empoisonné la reine !

Tends l'oreille pour apprendre la suite en **52**.

96.

« Ne me quittez pas d'une semelle, c'est dangereux ici ! » t'ordonne Mathias.

Tu ne te le fais pas dire deux fois. La cour des Miracles ressemble à une place ordinaire mais, en y pénétrant, les aveugles et les borgnes redeviennent voyants, les boiteux se mettent à courir, les culs-de-jatte se redressent et marchent sur leurs deux jambes.

« Tu comprends maintenant pourquoi on l'appelle la cour des Miracles, t'explique Mathias. C'est le fief de tous les voyous de Paris. Le jour, ils mendient dans les rues en faisant croire qu'ils sont infirmes pour apitoyer les badauds. Puis ils rentrent au bercail et se transforment. À la nuit tombée, ils ressortent, agiles comme des chats, pour commettre crimes et larcins. »

Mathias s'est arrêté devant une porte en bois, surmontée d'une enseigne où tu déchiffres en lettres défraîchies : « À la bonne aventure. » Vous frappez deux fois et la porte s'ouvre en grinçant.

Découvre ce qu'il y a à l'intérieur en **123**.

97.

Tu as beau insister, la reine, abrutie par le chagrin, t'écoute à peine. De plus, elle a toute confiance en cette Églantine qui est sa demoiselle d'honneur depuis longtemps. Toi, tu es nouvelle. Pourquoi te croirait-elle ? Elle te chasse donc d'un geste, comme une mouche importune, et porte la tisane à ses lèvres.

Furieuse, tu regagnes ta chambre en maugréant ? Cours en **103**.

Tu préfères te cacher derrière une tenture du couloir et attendre : cache-toi au **24**.

98.

Arrivée au bout de la Galerie, la sombre réalité te rattrape. Quand la musique cesse, tu te détournes sans un regard pour ton prince charmant. Églantine et sa mère t'entraînent vers un salon voisin. Là, elles se dirigent vers deux gardes, en faction le long du mur, et leur montrent la dame de pique. Aussitôt, les gardes s'effacent, une porte invisible coulisse dans le mur et on te pousse vers l'avant. Tu es à peine entrée que la porte se referme : le tout n'a duré qu'une seconde. Personne dans le bal n'a dû se rendre compte de ta disparition !

Découvre ce qui se passe dans cette pièce secrète en **119**.

99.

« On est au 99 de la rue du faubourg Saint-Honoré. Ce sont les beaux quartiers par ici ! constates-tu en levant le regard sur les belles façades de pierre des maisons qui t'environnent.

– Écoute, tout cela ne me dit rien qui vaille, grommelle Mathias. Prends ce pistolet avec toi pour te protéger.

– Mais je ne sais pas tirer !

– Prends-le quand même. »

Tu as le choix : tu peux prendre le pistolet, en plus de la dague que tu as dissimulée dans le manche de ton éventail, ou pas. Sépare-toi ensuite de Mathias (qui reste t'attendre à l'extérieur) et toque à la porte. Berlingot est toujours caché dans la poche de ton tablier.

On t'ouvre en **34**.

100.

Mais, c'est étrange… sa lame frappe dans le vide. Le traître réalise alors qu'il n'y a pas de bébé dans ce couffin, juste des langes qui imitent la forme d'un nourrisson ! Quant au vrai antidote, il est en sécurité avec Mathias. Tu avais en fait tout anticipé. Tu te doutais que le cerveau du complot se cachait au plus haut niveau de l'État et tu avais prévu des difficultés de dernière minute !

Le chambellan lève vers toi un regard étonné, juste à temps pour te voir tirer ton épée et lui porter une violente estocade au front. Le sang jaillit et lui dégouline dans les yeux. Aveuglé, ton adversaire titube, tu le désarmes sans peine et lui lies les mains avec la corde dissimulée dans tes poches.

Sur ces entrefaites, comme convenu, le roi pénètre dans la pièce, le bébé entre ses bras, suivi de Mathias.

Célébrez ensemble votre victoire en **105** !

101.

Tu lui as à peine confié le bébé qu'il disparaît dans la foule. Le doute te saisit. Et si cet homme masqué n'était pas Mathias ? Si tu l'avais confondu avec quelqu'un d'autre ?

Tes soupçons se confirment quand une voix familière te murmure à l'oreille : « Je suis là, tu me cherchais ? »

Mathias ! Il n'a pas d'enfant dans les bras. Tu t'es fait avoir et, à présent, le Dauphin est de nouveau aux mains des ennemis. Désemparée, tu éclates en sanglots. Mathias s'approche pour te consoler.

Tu le repousses et décides de le congédier : s'il avait su te protéger, tout cela ne serait pas arrivé ! Rends-toi en **6**.

Tu te jettes dans ses bras et lui avoues ta bévue. Alors rendez-vous au **127**.

102.

Vous arrivez au moment où la première fusée décolle au-dessus du bassin. Elle est bleu et or, comme les armes du roi qui ornent son blason. Elle monte haut dans le ciel nocturne, avant de redescendre en une poussière d'étoiles. La foule assemblée pousse un murmure béat. Une deuxième fusée s'élève : quel spectacle ! Ce soir, Versailles a revêtu son habit de lumières. Vous distinguez le roi, debout avec sa canne et sa grande perruque, au bord du bassin.

Vous frayant un chemin dans la foule, vous vous approchez du roi.

Si vous êtes encore accompagnés de l'enfant royal, allez au **18**.

Si, en revanche, vous ne l'avez plus et feignez d'être des domestiques, faufilez-vous jusqu'au **72**.

103.

Vexée, tu marches à grands pas vers l'escalier qui mène à ta chambre. Tu ne t'aperçois pas que tu es suivie par un valet sournois. Arrivée sur le palier, il te pousse dans les escaliers. Tu dévales les marches. Bilan : une jambe et plusieurs côtes cassées. Te voici hors service pour deux ou trois mois. L'énigme se résoudra sans toi ! **FIN !**

Si tu regrettes ta réaction, retourne au **97** et apprends à maîtriser tes nerfs…

Tu mets tes deux ennemies en joue : elles se pétrifient aussitôt. Fière de toi, tu essaies alors de leur faire peur en tirant en l'air, juste au-dessus de leur tête. Mais tu ne sais pas manier le pistolet : ton arme s'enraie et te voici ridiculisée !

Si tu veux connaître le sort qui te sera réservé, rends-toi en **33**.

104.

105.

Bravo à toi, Aurore ! Tu as sauvé le Dauphin et sa mère la reine. Tu as déjoué la fronde fomentée par certains des plus hauts personnages de la cour. Ceux qui ont survécu seront durement punis : ainsi, mademoiselle Églantine de la Rochenoire sera enfermée dans un couvent pour le restant de ses jours. Enfin, tu as sauvé le royaume d'un pacte indigne avec l'ennemi. Pour te récompenser, le roi a décidé de t'accorder une pension et des terres. Cela signifie que tu es désormais maîtresse de ton destin. Tu pourras choisir ton futur mari selon ton désir, et non celui de ta famille. Grâce à ton intrépidité et à la force de ton caractère, tu es devenue LIBRE ! Mais tous ces exploits, tu ne les as pas accomplis seule. Sans Mathias, tu n'aurais pas réussi. Le roi l'a bien compris : c'est pourquoi il a décidé d'anoblir ton compagnon. Mathias est désormais titré lui aussi : même s'il n'est pas prince, le roi l'a élevé au rang de comte et il n'a plus à rougir de ses origines.

Le roi vient d'apprendre que la fièvre de la reine est retombée : l'antidote n'a pas tardé à faire effet. Il a aussitôt couru à son chevet afin qu'elle puisse embrasser son enfant et le serrer de nouveau dans ses bras. Le feu d'artifice s'est achevé, la foule s'est dispersée. Mathias et toi êtes à présent seuls au bord du bassin, parmi les ombres chatoyantes qui dansent sur l'eau, au milieu des buissons et des statues. Le cadre est enchanteur. À ton avis, que va-t-il se passer ?

Pour le savoir, rends-toi en **132**.

106.

« Les fleurs de lys ont des oreilles »,
susurre le jeune homme à ton oreille.
Tu tressailles. C'est exactement la phrase que tu as entendue dans la bouche royale.
C'est un mot de passe. Donc ce voyou serait en réalité… un agent secret du roi ?
Il te fait signe de le suivre.
Étonnée, tu obtempères, direction le **10**… *sauf si tu n'as pas bu la fiole, dans ce cas, va au* **120**.

107.

Tu es plongée dans un profond sommeil quand tu sens des mains inconnues t'agripper. En un tour de main, te voici ficelée, bâillonnée, la tête couverte d'un sac de toile. Même Berlingot n'a pas réussi à te prévenir cette fois. D'ailleurs, où est-il ? Tu ne l'entends pas.

En revanche tu surprends cette phrase dans la bouche d'un de tes agresseurs : « Merci pour le tuyau, aubergiste ! Tiens, voici pour ta peine. »
Tu perçois le tintement d'une bourse et comprends que l'aubergiste t'a vendue. Tu aurais dû te méfier davantage… Trop tard ! On te retrouvera une semaine plus tard, attachée à un arbre de la forêt. Entre-temps, la reine mourra et jamais on ne retrouvera son bébé. Mais ce qui te fera le plus de peine, c'est d'apprendre que ton fidèle Berlingot a été tué par tes agresseurs, pour l'empêcher de te donner l'alerte… **FIN** !
Pour éviter cette fin tragique, retourne en **47**.

108.

En t'apercevant la robe retroussée, le jeune valet rougit jusqu'aux oreilles et rebrousse aussitôt chemin. C'est exactement ce que tu voulais : qu'il débarrasse le plancher !

Il ne te reste plus qu'à ouvrir cette fichue porte. Facile : quand tu étais petite, tu t'es amusée à ce petit jeu des centaines de fois ! Il te suffit de détacher une de tes épingles à cheveux, de la redresser et de l'introduire au fond de la serrure. Clic-clac : la porte s'ouvre instantanément et tu pénètres en **36**.

109.

Tandis que les dames poussent des cris effrayés et se dispersent, les sbires du grand maître dégainent eux aussi leurs épées. Deux te sautent dessus, tu te défiles, vive comme l'anguille, en atteins un à l'aisselle, puis hop, saute sur la table. Dans la petite pièce, on n'entend désormais plus que le bruit des lames qui s'entrechoquent. Tu sautilles et volettes, rapide et légère comme une guêpe. Tes ennemis sont certes plus forts, mais plus lents que toi. Tu finis par les désarmer. Tu n'as tué personne, mais il leur faudra quelques jours de convalescence pour se remettre de leurs blessures.

Malheureusement, le grand maître en a profité pour décamper ! Tant pis, tu dois fuir à présent, pour mettre le bébé hors de danger.

Cherche le nain masqué en **37**, si c'est lui qui a pris le bébé.

Sinon, cherche l'empoisonneuse en **49**.

110.

« Tu veux que je te tire les cartes, mignonne ? Je suis une experte en tarot ! » se vante la gitane sans sourciller.

Tu as beau essayer de lui tirer les vers du nez, elle prétend ne jamais avoir vu cette carte, tachée de cire, auparavant. Toi et Mathias finissez par ressortir bredouilles.

À peine le temps de dire ouf, une bande de malfrats vous tombe sur le dos. Tu comprends alors que la gitane vous a menés en bateau et dénoncés aux méchants. Ceux-ci vont t'enlever et réclamer une forte rançon à ton père… Rassure-toi, ton père paiera, mais quand tu retrouveras la liberté, il sera trop tard pour sauver la reine et son bébé. Quant à ton ami Mathias, comme il n'est ni noble, ni riche, il sera traité avec moins d'égards que toi : son corps sera retrouvé deux semaines plus tard, dérivant dans la Seine… **FIN !**

Tu regrettes ton choix irréfléchi ? Apprends à manier la ruse en **64**.

111.

Cette Églantine est une fine mouche : elle devait être sur ses gardes. Après avoir trébuché, elle se rétablit in extremis, ne renversant que quelques gouttes du breuvage. La reine, exaspérée par cette maladresse, s'en empare et te chasse de sa chambre.

Dans le couloir, tu te lances à la poursuite de la demoiselle. Elle t'entraîne vers un endroit désert du palais et fait volte-face, en tirant un poignard de sa manche.

Si tu es équipée de ton poignard de chasse, file au **60** et lance-toi dans la bataille !

Si tu n'as pas de poignard, défends-toi à mains nues en **54**.

112.

Tu t'empares de la précieuse arme dissimulée dans le manche de l'éventail pendu à ta taille et te jettes sur la jeune Églantine. Tu mets la dague sur sa gorge et menaces de la tuer si l'empoisonneuse fait un seul geste contre toi. Bingo ! La sorcière s'immobilise aussitôt en criant un « Ma fille ! » déchirant. Quelle mignonne petite famille !

⁜

Un second choix s'offre alors à toi : les deux femmes dûment ligotées et mises hors d'état de nuire, tu décides de fouiller la maison en quête du bébé royal, lance-toi à sa recherche en **16**.
Ou tu préfères chercher l'antidote du poison : va dans ce cas au **55**.

113.

Quelques minutes après avoir bu sa tisane, la reine est prise de convulsions. Avec l'aide de la servante, tu la portes jusqu'à son lit et constates que son front est brûlant. Le bruit ne tarde pas à courir qu'elle a été empoisonnée. Et devine sur qui se portent les soupçons ? Pas sur Églantine de la Rochenoire, fidèle demoiselle d'honneur de la reine, mais sur toi, la petite nouvelle ! Une troupe de gardes royaux vient t'arrêter et tu es menée séance tenante à la prison du Grand Châtelet, à Paris, pour être soumise à la question : un interrogatoire très, très musclé !
Ton honneur sera finalement lavé de tout soupçon, mais la reine mourra et son enfant ne sera jamais retrouvé. **FIN !**
Si tu regrettes ton choix, tu peux bénéficier d'une seconde chance en retournant au **79**. Mais apprends désormais à te méfier : à Versailles, tout est faux-semblant !

114.

Avant de sauter dans la barque, tu aurais dû te demander si tu savais ramer ! À peine as-tu effectué quelques zigzags pathétiques sur le canal que ton frêle esquif se renverse et te voici dans l'eau ! Heureusement, si tu ne sais pas ramer, tu sais au moins nager. Tu regagnes donc la rive saine et sauve, mais mouillée jusqu'à l'os. Berlingot, qui t'a suivie, en rajoute une louche en s'ébrouant copieusement à côté de toi ! Humiliation finale : les gardes suisses te saisissent et te conduisent, trempée, vers le roi. Tu es de fait leur principale suspecte !
Ravale ta fierté et va te prosterner devant ton souverain en **121**.

115.

Heureusement pour toi, Mathias attendait à l'extérieur, pour veiller sur toi jusqu'au dernier moment.
À ton appel, il accourt aussitôt et, en quelques coups de lame, désarme ton adversaire. Le grand maître est mis hors d'état de nuire. Mathias sort une corde de ses poches et le fait prisonnier. Sur ces entrefaites, le roi pénètre dans la pièce.
Savourez votre victoire en **105**.

116.

Pauvre Berlingot ! Heureusement, cette vilaine ne l'a pas blessé. Mais tu as bien fait de t'arrêter : ton petit chien te lèche les mains en jappant et, pour te remercier, il te montre du bout de sa truffe le morceau d'étoffe qu'il a déchiré au bas de la robe de la femme au flacon. Tu as peut-être perdu sa trace en t'attardant auprès de Berlingot, mais tu es à présent en possession d'une précieuse pièce à conviction, que tu glisses au fond de ton corsage. Puis, suivie de ton compagnon à quatre pattes, tu continues jusqu'au bout de la Galerie où tu découvres une porte. Tu l'entrouvres et te retrouves dans un couloir noir de monde, qui donne sur les petits appartements de la reine.
Tu te faufiles dans le couloir ni vu ni connu jusqu'en **79** !

117.

Tu sautes dans le dos de la jeune femme et presses ton poignard sur sa gorge. Mais la vieille sorcière réagit plus vite que tu ne le pensais : vive comme le cobra, elle te jette à la face le contenu d'un de ses flacons. Surprise, tu lâches prise instantanément !
Les deux femmes te ligotent et t'enferment alors en **41**.

118.

Peu de temps après, Berlingot te réveille d'un coup de langue.
Tu entends des cavaliers entrer dans la cour et surprends cette conversation : « Alors l'aubergiste, tu as eu de la visite cette nuit ?
– Ouais, une p'tite demoiselle habillée comme une marquise. Je suis sûr qu'elle est de la haute, même si elle prétend le contraire !
– Écoute, tu me montres sa chambre et cette bourse est à toi… »
Les hommes entrent dans l'auberge. Aussitôt, tu saisis ta jument par le licol et sors de l'écurie par l'arrière.
Tu peux t'enfuir au triple galop à travers la forêt vers le **85**.
À moins que tu ne préfères rester derrière un bosquet, non loin de l'auberge : dissimule-toi alors au **30**.

119.

La pièce est petite et feutrée. Au centre, un groupe de personnes masquées fait cercle autour d'une table derrière laquelle se tient un grand homme maigre, au visage couvert d'un loup de velours noir. C'est sans doute lui, le fameux « grand maître ».
Vous rejoignez le groupe en silence. Tu enregistres l'odeur désagréable, aigrelette, qui émane autour du grand homme : elle peut d'ailleurs te rappeler vaguement quelque chose…
À votre suite, d'autres personnes masquées pénètrent dans la pièce. Puis une servante entre à son tour, par une seconde porte que tu n'avais pas remarquée. Elle tient entre ses bras un nourrisson emmailloté. Ton cœur fait un grand bond dans ta poitrine : l'enfant royal ! Heureusement, il est en vie et semble même en bonne santé. Mais en l'apercevant, le grand maître esquisse un sourire diabolique qui te glace le sang.
Il saisit le bébé et, se tournant vers un petit homme rondouillard, prend la parole : découvre ce qu'il a à dire en **27**.

120.

Tu t'apprêtes à le suivre, mais toutes ces émotions ont fini par avoir raison de toi : tu t'évanouis !

Quelques minutes plus tard, tu te réveilles dans les bras du jeune homme qui t'a tirée à l'écart de la foule et fait couler dans ta bouche le contenu d'une seconde fiole… d'alcool !

« Heureusement que j'en avais deux ! dit-il.

– Désolée, j'ai cru que vous vouliez m'empoisonner.

– C'est de bonne guerre. J'aime les femmes qui n'en font qu'à leur tête », te répond le borgne en te faisant un clin d'œil… de son seul œil valide !

Quel culot il a de te parler ainsi ! Tu te relèves en époussetant ta robe d'un air digne et prends la direction du **10**.

121.

Louis XIV, attristé, t'attend sur la grande terrasse du château.

Après avoir plongé en une profonde révérence, tu lui racontes ta filature et lui montres la carte à jouer que tu as ramassée dans le souterrain.

Le Roi-Soleil prend alors la parole : « À vous seule, Aurore, vous en savez déjà plus que l'ensemble de mes gardes suisses ! »

Ce disant, le roi jette un regard furibond vers les soldats qui t'ont quelque peu malmenée tout à l'heure… Tu savoures ta revanche !

Mais le roi continue : « Hélas, pour ne rien arranger, la reine est à présent au plus mal. Les médecins ne savent ce qui lui arrive…

– Moi, je crois qu'elle a été empoisonnée ! » lances-tu alors d'un air bravache.

Et tu parles au roi du flacon doré aperçu entre les mains de la courtisane.

Ce dernier trait achève de convaincre le roi, qui déclare d'une voix solennelle : « Aurore, je vous confie la mission de retrouver mon fils et de sauver mon épouse en dénichant l'antidote du poison. Je pense qu'on essaie par ces actes criminels d'affaiblir mon pouvoir. Votre mission est de la plus haute importance pour notre pays ! Prenez cette dague, elle vous servira à vous défendre, ajoute le roi en te tendant un poignard à manche d'ivoire. Ouvrez l'œil car nos ennemis sont partout, la cour n'est pas un lieu sûr, hélas… Filez à Paris et soyez, demain sur le coup de midi, place de Grève… Je ne peux vous en dire davantage, car les fleurs de lys ont des oreilles », conclut le roi en jetant un regard méfiant autour de lui.

Puis il s'éloigne, le dos voûté, comme un vieux lion blessé… À toi d'agir à présent !

Fonce au **57** et n'oublie pas le conseil du roi : ouvre l'œil !

122.

Tu as le réflexe d'utiliser la jarre, que tu tiens toujours en main, comme arme et tu la projettes violemment à la tête de la demoiselle d'honneur. Bien visé ! Elle est assommée sur-le-champ... et couverte d'un liquide baveux du même coup ! Mais la femme plus âgée ne reste pas les bras ballants. Elle te bondit dessus par-derrière et te lacère le visage de ses ongles pointus. Quelles griffes de sorcière ! Tu tentes de te libérer de son étreinte : à mains nues en **20**... *ou bien à l'aide de ton poignard en* **112**... *ou en sifflant Berlingot en* **40**.

123.

Derrière la porte se cache une toute petite personne : « Un nain », souffle Mathias dans ton oreille. Tu n'en avais jamais vu de ta vie et tu le regardes avec des yeux ronds. Il vous conduit au fond d'une pièce tendue de tentures rouges, mal éclairée, où flotte une odeur persistante d'encens.

« Bonjour, ma chérie, quel bon vent t'amène ? » dit une vieille femme habillée en gitane, assise sur des coussins au fond de la chambre.

Mathias tente aussitôt de prendre la parole à ta place.

Mais la bohémienne l'en empêche : « Taratata... Laisse parler cette petite, elle a une langue, j'imagine ! »

Que réponds-tu ?

Tu tentes une approche directe, au culot, en plaçant la carte à la dame de pique sous le nez de la gitane pour voir sa réaction : fonce au **110**.

Tu préfères ruser ? Glisse au **64**.

124.

Après avoir subtilisé une fiole vide dans la cuisine, tu te barbouilles la bouche avec la bave de crapaud qui reste dans la jarre. Oui, c'est dégoûtant, mais à la guerre comme à la guerre ! Tu te laisses ensuite tomber par terre, de la bave plein les lèvres, et te mets à pousser de grands cris en te tordant au sol comme un serpent : « AU SECOURS ! ÇA BRÛLE ! AU FEU ! » L'empoisonneuse ne tarde pas à accourir.

Elle tombe aussitôt dans le panneau : « Malheureuse, tu as bu le poison ! Que va dire le grand maître ? »

Elle s'empare d'un flacon sur une des étagères et le porte à tes lèvres : « Bois, c'est un antidote ! »

Tu fais mine d'avaler le précieux liquide. Mais tandis que la sorcière replace le flacon en te tournant le dos, tu recraches discrètement l'antidote dans la fiole vide. Tu la glisses dans ton corsage et fais semblant de t'endormir. La méchante en profite pour te ficeler de nouveau et elle appelle un valet pour te surveiller.

De toute façon, tu ne comptes pas t'enfuir. Tu as obtenu ce que tu cherchais : l'antidote du poison. Il ne te reste plus qu'à attendre le soir en croisant les doigts pour que Berlingot ait réussi à porter le message à Mathias !

Poursuis l'aventure en **86**.

125.

La musique redémarre. Comme toutes les jeunes filles de la noblesse, tu sais danser le menuet à la perfection. Ton cavalier aussi. Ses bras sont fermes, ses gestes sûrs, son regard chaleureux derrière le masque… Tu te laisses entraîner et tu oublies tout, l'espace de quelques minutes, pour te jeter à corps perdu dans la danse.

Virevolte jusqu'au **98**.

126.

Le bruit des pas précipités d'un valet te force à relâcher ton étreinte.

« Au secours, la reine est au plus mal, allez quérir les médecins ! » clame le serviteur.

Églantine profite de cette diversion pour décamper. En fuyant, elle laisse tomber de sa manche une carte à jouer, représentant la dame de pique. Au dos de la carte, une tache de cire rouge s'étale comme une goutte de sang… Tu gardes cette étrange carte comme indice.

Retourne ensuite au chevet de la reine en **87**.

127.

Mathias ne te fait aucun reproche. Au contraire, il te redonne espoir : il a un plan. Il t'entraîne vers les cuisines du château où, dit-il, il connaît du monde. Là, vous vous changez pour vous déguiser en domestiques. Puis, saisissant des plateaux chargés de victuailles, vous suivez les autres valets vers le bassin de Latone, dans les jardins de Versailles : un grand feu d'artifice doit y être donné d'ici quelques minutes en l'honneur de l'ambassadeur… et en présence du roi. Il va sans doute se passer des choses là-bas.

Courez-y (sans renverser vos plateaux !) en **102**.

128.

Tu te réveilles, entourée par les gardes du roi. Eux aussi ont fini par trouver le passage. Mais, prudents, ils s'y sont aventurés munis de flambeaux, et ont découvert qu'une échelle de fer longeait la paroi du boyau où tu es tombée. Ils te hissent vers la galerie des Glaces où tu es accueillie par ta tante, affolée. Un médecin diagnostique une double fracture du tibia et un mois d'immobilité totale. L'aventure est finie pour toi ! **FIN !**
Si tu veux retenter ta chance, retourne au **76**.

129.

Visiblement déçu, Mathias fend la foule et traverse la Galerie à grands pas. Tu trottines derrière lui et peines à le suivre. Tu crains fort d'avoir un peu froissé ton compagnon, mais vous n'êtes pas ici pour vous amuser : la mission est plus importante que tout ! Arrivée au fond de la Galerie, madame de la Rochenoire, qui t'a emboîté le pas jusqu'ici sous la garde de Berlingot, vous guide vers un salon voisin où deux gardes sont en faction le long du mur. Elle leur montre la carte représentant la dame de pique. Aussitôt, les gardes s'effacent, une porte invisible coulisse dans le mur et vous pénétrez dans une pièce secrète. La porte se referme sur vous.
Découvre ce qui se cache à l'intérieur en **119**.

130.

Ton sang ne fait qu'un tour ! Compare discrètement l'étoffe de la robe au morceau de tissu que tu as gardé au fond de ton corsage : c'est le même ! Tes soupçons se confirment : cette Églantine est liée à l'enlèvement. La fiole dorée, le fumet fade : il y a de fortes chances que cette demoiselle cherche à empoisonner la reine !
Il est temps d'agir : sans t'embarrasser de paroles, fais-lui un croche-pied et vois le résultat en **111**.

131.

Ce détail incongru te tracasse : il y a là quelque chose d'anormal. Et ce fumet étrange... Non, décidément, tu n'es pas rassurée. Cette Églantine chercherait-elle à empoisonner la reine?

Tu décides de supplier la souveraine de ne pas boire sa tisane : observe sa réaction en **97**.

132.

Évidemment, tu brûles d'envie que le vaillant Mathias, à présent anobli, demande ta main, ou du moins commence à te faire la cour, là, au bord de ce bassin romantique. Rien ne s'oppose plus à votre idylle. Mais le fera-t-il ?

Pour la première fois dans cette aventure, une chose n'est pas en ton pouvoir. Si tu as choisi un peu plus tôt de le laisser partir, à cause de votre différence de statut, il y a fort à parier qu'il décide à présent de partir pour de bon, sans se retourner. Il a fait son devoir, qui était de te protéger, a tenté de gagner ton cœur... mais celui-ci n'était pas prêt. Votre histoire n'est pas forcément condamnée, mais il te faudra peut-être encore un peu de temps pour mûrir.

En revanche, si tout à l'heure tu as décidé de lui accorder ta confiance envers et contre tout, il y a de fortes chances qu'il s'attarde avec toi au bord de ce bassin. Un petit orchestre, installé dans la verdure, vient de débuter un menuet rien que pour vous deux.

« M'accorderez-vous cette danse, mademoiselle ? » te demandera alors ton chevalier servant.

Et toi, tu pourras danser avec lui toute la nuit si tu en as envie, jusqu'à ce que l'aube aux doigts de nacre dépose sa rosée sur les fabuleux jardins de Versailles... tandis que Berlingot, qui lui aussi mérite bien une petite récompense, s'amuse à poursuivre les canards bien dodus des bassins du roi !

Fin.

MISSION PRINCESSES : LE LIVRE DONT TU ES L'HÉROÏNE

Dans la même collection :

aux éditions

Fleurus

Achevé d'imprimer en août 2013
par Toppan Leefung en Chine
N° d'édition : 13137
Dépôt légal : septembre 2013